Lettere a Zoe

Lettere a Zoe

Garrett Buhl Robinson

Titolo originale: *Zoë*

Dedico questo libro a mia madre e a mio padre

che non hanno mai perso la fiducia in me.

Lettere a Zoe

Cara Zoe,

se hai sentito che sono partito, ti starai forse chiedendo il perché o forse mi sto illudendo nel credere che ti importerebbe qualcosa, o che tu abbia addirittura notato che me ne sono andato.

– Un momento. Non voglio iniziare così questa lettera. Voglio strappare questa pagina dal quaderno e gettarla lontano, nella distanza che si fa vaga e affievolisce mentre mi allontano dalla vergogna di un altro errore, ma ho solo questo quaderno ed ogni pagina è preziosa. Non posso gettar via ciò che ho già fatto, ma su quel che ne rimane spero di poter esprimere ciò che sento davvero, anzichè scrivere d'impulso delle sciocchezze imprudenti. Dunque, se ancora stai leggendo questo, forse sarai gentile abbastanza da farmi iniziare daccapo.

Sì, sono partito. Non so perché. Il primo pensiero che ho avuto è che sto scappando da qualcosa. Se così fosse, potrei solo scappare da me stesso. Poi ho pensato che forse sto correndo verso qualcosa o qualche posto, ma non ho la più pallida idea verso cosa o dove. Davvero, ho pensato che voglio soltanto correre all'aperto e sentirmi parte di quello spazio.

La mia vita era diventata opprimente. Mi sentivo come un filo ingarbugliato, una corda annodata nei modi più inestricabili possibili. Io tiravo il groviglio, ma anziché allentarsi, i nodi si stringevano ancora di più. Mi sentivo strangolato nella mia costrizione. Adesso vivo all'aperto da un paio di settimane, in piedi sulle mie gambe e da solo, sotto il cielo aperto, guardando il sole passarmi sopra la testa, e la vista più rassicurante che abbia mai visto sono i lunghi tratti di autostrada che si estendono davanti a me.

Raramente l'autostrada è rettilinea, però non è nemmeno aggrovigliata. Si distende in ogni direzione più lontana di quanto io riesca a vedere, scomparendo dietro curve e tornanti, dissipandosi nelle fitte foreste, scalando promontori e dileguandosi nel cielo all'orizzonte; e questo conforta. Mi dà speranza che ci sia qualcosa oltre la confusione di me stesso.

La notte in cui lasciai la mia città camminai fino a

Irondale seguendo la linea ferroviaria. Adesso non ho dubbi sul perché lo chiamino *"Irondale"*: i binari erano sparsi ovunque convergendo e divergendo in un intrico di scambi. Sentivo il peso dell'acciaio che rendeva piú profonda la valle, compattava il suolo con il carico della merce e premeva le colline circostanti solcate ai lati dalle locomotive. Poi si protendevano singolarmente, restringendosi fino a un solo paio di rotaie inchiodate al legno delle traversine, un po' arrugginite sul lato, ma levigate lisce dove rotolavano i carichi dei treni. Poche linee deviavano e si estendevano in lontananza.

Notai un treno a carbone che attraversava il deposito. Mentre guardavo il treno partire, continuavo ad attendere un bel vagone per salire a bordo. Mi aspettavo una carrozza con un'accogliente porta aperta che apparisse da dietro la curva, come nei film, ma ciò non avveniva. Mi resi conto che se volevo un vagone passeggeri, avrei dovuto trovare un'altra stazione poiché questo non portava finestre e cuscini, ma trasportava dei carichi. Così alla fine decisi che dovevo saltare dove potevo perché il treno stava accelerando e presto sarebbe andato troppo veloce per me per poter usufruire di un passaggio.

Mi trascinai lungo il binario con il mio borsone bomber che mi rimbalzava sulla spalla. Era imbottito di un mucchio di cianfrusaglie che pensavo mi sarebbero servite; conteneva il guazzabuglio ingombrante della mia vita a cui mi aggrappavo. La tracolla della borsa arricciò il tessuto della camicia e mi pizzicò la pelle. Il pesante saccone mi strattonava e mi tirava indietro. Ogni passo che facevo scivolava sulla ghiaia franante.

L'intera impresa sembrava ridicola e assurda. Pensavo che sarei scivolato e le ruote d'acciaio del treno mi avrebbero tagliato a metà senza il minimo accenno di uno sbalzo dovuto al mio corpo sotto di esse. Quelle ruote seguono la natura insensata e spietata degli ingranaggi del macchinario e l'unica gentilezza che si potrebbe trovare è nella mente cauta del costruttore.

Poi afferrai la scaletta e il treno mi prese. Mi portò con sé. Mi sollevò i piedi da terra. Mi sentii euforico. Mi sentii come se stessi volando. Mi sentii libero.

Il treno era immenso. Una lunga fila di acciaio imbullonato e rivettato, e tonnellate e tonnellate di carbone. Era come una spina dorsale ridotta all'osso. Mi sentivo come se stessi perdendo strati della mia pelle e d'improvviso mi trasformavo. Nella sabbia del carbone, come fosse cartavetrata, mi sentivo come se mi stessi purificando per abrasione. Quando il treno rallentava, i ganci di trazione si chiudevano a scatto come se urtassero l'uno contro l'altro. Il suono cominciava dal retro del treno e poi si increspava verso di me e sotto i miei piedi mentre sedevo furtivo sulla piattaforma del freno. Vedevo gli accoppiatori sotto di me, il piccolo spazio vuoto tra loro chiudersi all'improvviso in modo che non ci fosse altro che acciaio premuto contro acciaio. E poi lo scatto sarebbe continuato fino alle locomotive. Era come il lento crack di una lunga colonna vertebrale. Sembrava il rilascio di tensione, il serraggio e la compressione e poi un momento di sollievo. Così tanto di quello che avevo accumulato in me sembrava ora stesse svolazzando nel passato.

Per tutto il tempo del viaggio, sembrava sempre che stessimo andando dritto. Sapevo che il treno stava serpeggiando attorno alle curve perché osservavo la luna muoversi per il cielo, ma da dove ero seduto non potevo individuare nessun tornante. Ero un po' titubante nel tirar fuori la testa oltre il bordo perché temevo di poterla perdere improvvisamente. Riuscii a vedere solo un breve tratto di alberi scorrere in una sfocatura di velocità mentre il treno strideva e sfrecciava attraversando il paese.

Sento ancora la voce di mio padre. Si svegliò che stavo andando via. Mentre attraversavo il cortile, la rugiada della sera scintillava al chiaro di luna, i miei piedi trascinavano le tracce attraverso le gocce di cristallo sul tappeto del prato, lo sentii gridare: "Weldon! Weldon! Dove stai andando?" Non seppi cosa dire. Poté certamente vedere che avevo il suo vecchio borsone militare e che ero determinato ad andare. Non rallentai; non guardai indietro; non so se mi sentí, io dissi solo "Via".

Il treno si fermò in una centrale elettrica. Qualcuno della ferrovia camminava lungo i binari. Il raggio della sua torcia ondeggiava con i suoi passi nella polvere del carbone che si depositava. Scivolai dall'altra parte e mi nascosi nell'ombra. Dietro di me potevo vedere la centrale elettrica. Sembrava una fortezza con comignoli torreggianti che si ergevano attraverso la nebbia di luci, sibilando e fischiettando mentre bollivano dentro. Suppongo fosse una buona cosa che quel tizio si assicurava che il treno fosse libero. Se avessi viaggiato mentre i vagoni scaricavano i loro carichi, la spessa polvere del carbone avrebbe soffocato i miei polmoni e la scintilla che avevo sarebbe stata spenta.

Non intendo annoiarti con questi dettagli. La ragione per cui ti scrivo non è di darti una descrizione di quello che sto facendo. Volevo scriverti perché ero preoccupato che tu possa aver pensato che stavo partendo per causa tua. Ancora una volta, spero che questa non sia una vana supposizione. Ci conosciamo da anni e siamo amici intimi. È quasi buffo però, tu sei sempre stata con Ray e mi piaci da così tanto tempo, ma non ho mai voluto interferire con ciò che c'era tra voi. Non ho mai voluto imporre nulla al vostro rapporto.

Adesso è diverso.

Quell'ultima sera che uscimmo insieme, mi divertii tantissimo. Ray non c'era piú e suppongo che avremmo potuto conoscerci in un modo diverso come mai prima di allora. Credimi, lo volevo più di ogni altra cosa. E perdonami se faccio di nuovo supposizioni, ma ebbi la sensazione che anche tu lo volessi. Non intendevo liquidarti in questi ultimi anni trascorsi. O meglio, credo di averlo fatto, ma non perché non mi piacessi, semplicemente non mi piace interferire nelle relazioni degli altri. Io voglio continuamente stringere i legami tra le persone, aiutarle a unirsi, a capirsi l'un l'altro, e non mi sarebbe mai stato possibile realizzarlo se avessi voluto rompere un legame tra due persone che conoscevo bene e di cui mi importava.

Quella sera che uscimmo insieme fu meraviglioso. Mi sorprese la tua decisione di salire sulla torre antincendio con me. Ha la vista più incredibile della città, ma tutto quello che volevo guardare eri tu. Tutto il resto era solo uno sfondo alla tua bellezza. Avrò forse scalato quella torre un centinaio di volte, ma arrampicarmi lì con te fu come fosse la prima volta. Mi sentivo come se stessimo guardando in basso da sopra gli aeroplani che volano per il cielo. Quando ci tenemmo per mano, sentii come se le ali si stessero dispiegando sotto di noi. Fu meraviglioso.

Ora, invece, la mia scena è tutt'altro che romantica. Sono accampato in un enorme fosso di drenaggio nel sud della California. Recentemente ci sono state inondazioni e pare siano state molto rovinose. Ci sono detriti dappertutto. La persona che mi ha dato un passaggio fin qui mi aveva avvertito delle inondazioni. Ha detto che il più delle volte non si può sapere nemmeno quando arrivino perché la pioggia cade sulle montagne. Tutto quello che si può vedere è il lampeggiare dei fulmini in lontananza. Ma poi si sente il tuono dell'acqua precipitare giù, il ruzzolare dei tronchi degli alberi e il rotolare dei macigni.

Nelle vicinanze, c'è un parco di divertimenti. Riesco a vedere le cime delle montagne russe. A volte sento le allegre grida di euforia mentre i vagoncini prendono velocità con il salto della corsa poi di nuovo rallentano per raggiungere un altro picco e poi ripetono e ripetono, un impulso che si assottiglia fino alla fine.

E i miei occhi si distolgono dagli striscioni che sventolano in lontananza, e le mie orecchie si chiudono dalla felicitá che soffia nel vento e tutto quello che vedo intorno a me è il caos delle inondazioni, mucchi di alberi strappati alle colline e frantumati contro le basi dei ponti, la carneficina del diluvio, i detriti della sconfitta.

Mi piace stare vicino al parco, anche se sono dall'altra parte del recinto. Trovo conforto nel vedere gli altri godersi la vita. Mi ricordano che è possibile.

Il tuo amico,

Weldon

Cara Zoe,

sei sempre nella mia mente. Per favore, non prenderla nel modo sbagliato. Non sono ossessionato; è piú forte di me. Ogni volta che vedo qualcosa di bello, penso a te. Ogni volta che mi sento solo, penso a te. I ricordi di te sono rilassanti. Danno alla mia vita un certo senso di stabilitá. La tua immagine è saldamente fissata nella mia mente mentre in autostrada tutto è sempre di passaggio. Sono felice però, forse più felice di quanto sia mai stato. C'è una sensazione esaltante nella liberazione.

L'altro giorno, ho deciso di togliermi scarpe e calzini, e camminare sul terreno spoglio a piedi nudi. Non riesco a ricordare l'ultima volta che l'avevo fatto. Di solito, la terra fredda era oltre il mio tatto; era sempre coperta di strati di cemento e asfalto mentre io ero chiuso in edifici dietro porte che sbattevano e si chiudevano a chiave. Mi coprivo di strati di vestiti, sgualcito dietro i bottoni, chiuso nelle cerniere e legato dalle cinture. Mi coprivo per comodità, per decenza, per moda, mentre strascicavo e stridevo con le mie suole di gomma ben modellate. Voglio toccare il mondo e sentirlo così com'è, forse potrei iniziare a sentirmi maggiormente parte di esso.

Tuttavia, stando in piedi lungo i lati delle strade si avverte un senso di distacco e dislocamento. Il bordo della strada assomiglia a così tanta parte della vita che conoscevo. Sono fermo a guardare i vapori di calore sferzati dall'asfalto mentre una persona dopo l'altra sfreccia vicina nella propria vita incapsulata. C'è così tanto mistero in ognuno di noi. Trovo sempre che ogni incontro sia intrigante e allettante, ma le intersezioni delle nostre vite sono spesso brevi e le barriere e le recinzioni che ci circondano sembrano spesso impenetrabili.

In questo momento, il mio unico mezzo per ispirare un qualche intrigante fascino che induca qualcuno a fermarsi e aprire a me il proprio veicolo è la vista della disperazione. Il mio unico mezzo è suscitare pietá negli altri. Ho ridotto le mia capacità alla compassione altrui per una figura solitaria abbandonata lungo l'arida strada statale. Con il pollice alzato in aria, guardo spesso me stesso per vedere i vestiti sporchi che penzolano da una misteriosa figura sottostante. Mi sento una persona diversa.

Riflettevo su come di solito ci presentiamo l'uno con l'altro. Ho sentito che le persone spesso si formano un'opinione di una persona nei primi secondi dell'incontro. Questo, però, sembra assurdo. So dalle mie esperienze che il tempo in cui sono meno me stesso è proprio negli incontri imbarazzanti delle presentazioni. Quell'estraneo non mi conosce per come sono, ma piuttosto per come mi presento. Invece di vedermi in una disposizione aperta e confortevole, mi vede come introverso e guardingo. Quella persona non sta incontrando me, bensí una deviazione di me.

Questo mi ha fatto riflettere su un modo particolare in cui mi comporto in alcune situazioni. Ho sempre trovato strano che quando incontro due persone diverse, se sono particolarmente interessato a una delle due, rivolgo spesso la mia attenzione verso la persona che mi interessa meno. Forse lo faccio perché cosí posso indirettamente mettermi in mostra, posso dipingermi nel modo in cui mi sento più rilassato e naturale. Ma poi il mio comportamento sembra più voler evitare l'imbarazzo anziché esprimere il mio interesse. È come perseguire il mio scopo respingendolo, come se tutto ciò che cerco nella vita possa essere raggiunto solo in modo obliquo e la schiettezza possa allontanare ogni speranza di coinvolgimento.

E, dunque, mi chiedo se stia solo facendo una speculazione complicata del vero problema che è nella mia mente. Come ho detto, penso spesso a te e ho sentimenti profondi per te. Ma dicendo questo e, cosa più importante, sapendo con certezza che è così, i miei pensieri si dissipano nella vasta distanza che ho messo tra di noi. Perché dovrei viaggiare attraverso il continente prima di sentire dentro che posso parlarti in modo diretto? Perché pensare che dovevo scappare per avvicinarmi a te? Perché riesco a dire quello che sento veramente solo quando siamo molto più distanti dal contatto l'uno con l'altro?

Ricordo quando mi parlavi dei libri che stavi

leggendo. Mentre li descrivevi, potevo vedere mondi meravigliosi dispiegarsi in modo fantastico. So di averti detto che da allora ho letto molti dei libri di cui mi parlavi, ma non so se ti ho mai detto che molto di quello che cercavo attraverso quei libri non erano i testi stessi o quello che essi contenevano nel loro genere, ma cercavo ciò che ti aveva incuriosito, cosa ti aveva attratto in quelle pagine come se potessi seguire la lunga linea di ogni storia e tracciare un'impressione della tua vita. Era come se ogni volta che giravo una pagina, le punte delle mie dita toccassero delicatamente un altro lato della tua vita mentre fluttuavo più profondamente dentro di me.

È divertente guardar su a ciò che ho scritto. Posso vedere come lo stile della mia scrittura cambi attraverso alcune parti della lettera. L'inizio appare stilato e rigidamente auto-consapevole, ogni parola laboriosamente scolpita dal vuoto dell'incertezza. Poi quando tratteggio i miei pensieri su di te, seguendo il tuo contorno nitido e chiaro nella mia mente, vagando lungo i sentieri dei ricordi di ciò che sta accadendo nella mia vita, immaginandoti con me mentre cerco dentro me stesso nella speranza di trovare qualcosa che sia vero, qualcosa che sia degno d'esserti mostrato, la punta della mia penna vortica come il vento e il testo scorre rilassato e intatto.

Penso che ora sigillerò questo biglietto in una busta. Ho comprato alcuni francobolli nell'ultima città e te lo spedirò nella prossima.

Spero che tutto vada bene. A me sì.

Il tuo amico,

Weldon

Cara Zoe,

il tempo trascorso in queste lettere sembra strano. Questa mattina ho spedito l'ultima che ti ho scritto, ma contiene ciò che sentivo una settimana fa. Ora che l'ho inviata, mi sento completamente diverso in seguito a diverse esperienze. Avendo spedito l'ultima lettera oggi, non so quando potrò imbucare questo messaggio che sto scrivendo ora. Attraverserò un'altra città da qualche parte lungo la strada dove potrò imbucarla in una cassetta delle lettere, ma a quel punto, questa irrefrenabile immediatezza del presente sarà passata, poiché è fredda all'interno della busta in cui sarà sigillata. Sento che tutto ciò che posso offrirti è ciò che sono stato e voglio mostrarti quello che sono.

Nonostante abbia trascorso l'ultimo mese facendo l'autostop, sono ancora abbastanza curioso di capire che cosa spinga alcune persone a darmi un passaggio. Non mi aspetterei mai che gli altri si distaccassero dal loro interesse, si fermassero nel corso della loro vita, distogliessero lo sguardo dalla pianificazione delle loro destinazioni e si accostassero al lato della strada per offrirmi un posto nel loro mondo, un ruolo come compagno momentaneo nel loro viaggio. Non sembro certo rispettabile. I miei vestiti sono polverosi e sudici. Non mi faccio la barba da un po' e nemmeno so come siano messi i miei capelli. Infatti, ho consapevolmente evitato di guardarmi riflesso. Sembra che più mi soffermi su me stesso, più mi distacco da ciò che mi circonda.

Ogni volta che salgo su un'auto, ci sono sempre le stesse domande ovvie. La prima domanda che quasi tutti formulano è dove vado. È una semplice domanda. Siamo entrambi in viaggio, quindi è sicuro che stiamo cercando di andare da qualche parte. È il modo in cui interagiamo, cerchiamo argomenti pertinenti per iniziare e, auspicabilmente, sostenere un tipo di comunicazione. Ma questa domanda su dove sto andando, mi rende perplesso. Vorrei dire "da quella parte", ma questo confonderebbe soltanto. Veramente non ho nemmeno provato a immaginare una destinazione. Non ho nemmeno pensato a una direzione. Vedo semplicemente le strade che si estendono in ogni dove e anche se so che sto vedendo solo piccole porzioni di mondo, forse un giorno potrei riuscire a comporre quelle parti in qualcosa di intero.

Attraverso i miei viaggi, ho capito quanto possa essere nebulosa una persona silenziosa. Quando mi siedo nell'auto di qualcuno e resto in silenzio, spesso diventano diffidenti nei miei confronti. È strano perché ho sempre pensato che il silenzio fosse cristallino. Dico alla gente che preferisco rimanere in silenzio perché quando parlo, posso solo udire me stesso e sono l'ultima persona che voglio ascoltare. Giá devo accollarmi me stesso per tutta la vita, lasciatemi almeno ascoltare qualcun altro.

Ma è parlando che condividiamo i nostri pensieri, apriamo i nostri mondi interiori agli altri. Il nostro parlare dà alle persone la sensazione del nostro essere, dei nostri interessi e delle nostre intenzioni. Se una persona è così gentile da darmi un passaggio, almeno posso metterla a suo agio e non semplicemente sedermi come un mistero in agguato e maligno, all'angolo dei suoi occhi mentre guida. Ho sviluppato una routine nel raccontare storie di esperienze recenti e attraverso ciò divulgo i pensieri che occupano la mia mente e guidano la mia vita.

Suppongo che questo sia in qualche modo simile a quello che sto facendo grazie a queste lettere. So che mi distraggo facilmente e che devo sembrare incredibilmente egocentrico, poiché non faccio altro che scrivere su di me, ma devo ammettere che più ci penso, più mi rendo conto di quanto poco so di te. Non voglio saltare alla conclusione e cercare di raccontare di te o parlare in modo presuntuoso di noi. Piuttosto spero solo di poterti mostrare qualcosa di me, qualcosa che mi faccia guadagnare la tua fiducia cosicché tu possa sentirti a tuo agio con me.

L'altro giorno pensavo di parlare con te. Stavo immaginando che mi chiedessi quali fossero le tue qualità che ammiravo e la mia risposta è stata che speravo solo che tu avessi la pazienza di ascoltarmi per tutta la vita perché le tue qualità si estendono ben oltre il punto in cui riesco a capire e non spererei mai di trovare una fine per loro. Ma le qualità che apprezzo di più sono quelle che non potrei mai descrivere. Sarebbero solo sminuite se provassi ad esprimerle a parole, con i miei deboli tentativi di descrizione. Sono qualità che sono tue e tue soltanto, e che posso solo tacere e testimoniare perché l'unico modo in cui sento che esse potranno mai esser descritte con precisione è come vengono perfettamente mostrate attraverso la tua vita.

Quindi, riflettendo su questo, non posso fare a meno di guardare la penna che sembra graffiare la pagina per capire quanto io mi esprima in modo grossolano. È come se stessi provando a spremere ciò che sento attraverso questa penna, a torcere la mia vita attraverso questa piccola punta e ad estenderla attraverso l'intorpidito silenzio della distanza. Vedo la danza della penna nella mia mano, ma tutto ciò che rimane sono queste macchie di inchiostro sulla pagina altrimenti vuota. Mentre traduco ciò che sento su carta, l'ampiezza della realtà, la pienezza dell'esistenza, l'energia vibrante, il calore del respiro, la forza vitale del sangue, il battito del mio cuore, il ronzio nella mia testa, osservo le parole diventare stranamente indecifrabili e stirarsi sottili in piccoli scarabocchi che non potrebbero mai contenere tutto ciò che voglio dare.

Sto divagando ora, perdonami. Ma stavo cercando di esprimere un po' del mistero che sento e la meraviglia che sto vivendo quando incontro così tante persone e cerco di capirle e presentarmi in un modo che possa essere compreso. Questo è il posto dove mi è successa una cosa che vibra ancora come una campana colpita da un martelletto: un colpo acuto che freme di risonanze che increspano il mio corpo.

Nella città passata mi sono imbattuto in una persona e l'incontro non è stato dei migliori, per non dire altro. In effetti, in quel momento era un po' spaventoso, ma ora sembra diverso, in qualche modo il turbamento si è assestato in una chiarezza che è sommessa e gravemente cupa.

Prima di descriverlo, devo rassicurarti che sono perfettamente al sicuro e sto prendendo ogni precauzione possibile.

Mentre mi allontanavo dalla città dopo aver imbucato l'ultima lettera nella cassetta della posta, un'auto si è fermata accanto a me e il guidatore ha cominciato a insultarmi. Ho cercato di ignorarlo. Non avevo intenzione di reagire in modo ostile, perché era quello che voleva. Nonostante ciò, mi sento libero, così libero che seguo ancora la strada e salto da un'auto all'altra, affidandomi alla generosità di gente sconosciuta.

Questi viaggi mi ricordano costantemente le brevi distanze e le ristrette ampiezze in cui le nostre vite sono confinate. Anche libero come mi sento ora, sto ancora seguendo la strada; sto ancora viaggiando nelle auto che mi sono state aperte grazie alla generosità degli altri. Ma stavolta ero in una situazione in cui potevo sicuramente scegliere come agire, come comportarmi e in quale direzione andare e non avrei permesso a questa persona di prendere questa decisione per me.

Alla fine, il tizio mi si è messo di traverso, mi ha messo la macchina davanti per ostacolarmi il passaggio. Ho ripreso a camminare intorno alla vettura e lui è saltato fuori e ha continuato a prendermi in giro, anche spingendomi un paio di volte e tirando la mia borsa. All'inizio sono ricorso a un senso di autocommiserazione. Continuavo a pensare: "Perché sta accadendo a me? Cosa ho fatto a questo ragazzo? Che cosa ho fatto per meritarmi questo?" Tuttavia, ho deciso di rimanere in silenzio mentre continuavo a cercare di camminare, ma quello insisteva. Alla fine mi sono reso conto che dovevo reagire in qualche modo. Per prima cosa, mi sono fermato. Ciò lo ha spinto a fare altrettanto mentre cercava di anticipare la mia prossima mossa, preparandosi al peggio. Poi gli ho detto: "Ehi, che ne dici di questo: tu fai "Tu" mentre io faccio me stesso, ok? Sto solo camminando". Dopo tutto, stavo andando per i fatti miei, senza pretese.

Quello si immobilizza per un momento lí dov'era, forse abbassa un po' la testa, ma non ho prestato attenzione. È rimasto immobilizzato per un secondo, forse riflettendo su ciò che avevo detto, e questo mi ha dato l'opportunità di fare qualche passo attorno a lui e continuare sulla mia strada. Mentre se ne andava, ha urlato qualcosa contrariato fuori dal finestrino, ma il suono della sua voce si era disperso prima che la sua auto scomparisse dietro l'angolo.

Io mi allontanavo, ma la mia mente brulicava e vacillava a causa dei pensieri sull'incidente. Continuavo a far ronzare la situazione in testa, rovesciandola nei flussi dei miei pensieri, sperando di scoprire una qualche spiegazione o raggiungere una certa chiarezza. Invece, mentre lo facevo, un torbido vortice continuava a turbinare nella mia testa.

Poi ho avuto un pensiero. All'improvviso ho capito quanto sono fortunato. Naturalmente, mi è andata bene che la situazione non sia degenerata in violenza, ma al di là di questo, ho avuto la netta sensazione di essere molto fortunato nel sentirmi bene con me stesso, nonostante i miei problemi. Senza dubbio, questo ragazzo mi aveva mostrato una parte molto brutta di se stesso. Ciò che aveva proiettato su di me, anche nella brevità di quell'incontro, è una parte di se stesso con cui convive ogni giorno.

Io l'ho fatta semplice. Potevo andare via. Potevo

permettere che la rabbia e il dolore si dissolvessero nel mio passato. Invece quel tizio si aggrappa ad essi ed essi si aggrappano a lui. Il ragazzo aveva sicuramente dei grossi problemi e non avrei permesso a me stesso di entrare a farne parte. Quei problemi erano i suoi. Non avevo intenzione di farli anche miei.

Dopotutto, ci sono già troppe vite tormentate nel mondo.

Il tuo amico,

Weldon

Cara Zoe,

forse ti starai chiedendo dove sono. Per la maggior parte del tempo, posso dire onestamente che non lo so. Suppongo che potrei controllare una mappa, ma non ne sto seguendo alcuna.

Non penso di aver menzionato dove fossi quando ho scritto l'ultima lettera. Il più delle volte non conosco i nomi delle città, ma mentre sono lì non ho bisogno di chiamarli con il loro nome. Non ho bisogno di un'etichetta per farli rinfrescare nella memoria. Magari avrai notato i francobolli. Se è così, saprai almeno dove ho spedito le lettere. Vedo la città; vedo le persone; posso tracciare l'orizzonte che i miei occhi abbracciano, ma in un certo senso, tu hai un'idea migliore di dove io sia stato. Forse è come se io vedessi il posto e tu la localizzazione.

In questo momento so che sono a Lone Pine, in California. Si tratta di una piccola città situata nella contea di Inyo a est del Monte Whitney, la montagna più alta degli Stati confinanti. Lo sto guardando ora, facendo una pausa mentre scrivo questa lettera, fissando la sua immensità che incombe su di me.

Appena mi sono avvicinato alla montagna durante il mio ultimo passaggio in cammina e ho guardato che si ergeva in lontananza, ho sentito una travolgente attrazione. Suppongo che sia l'avventuriero che c'è in me. Mi sono sentito in dovere di scalarla, di raggiungere il vento che ha scavato la roccia in cima e di sollevarmi per alzarmi in punta di piedi alla sua cima e raggiungere le altezze del cielo.

Il mio passaggio mi ha fatto scendere fuori città. Ho visto la macchina virare e allontanarsi dal bivio. Ho cominciato a camminare, ma sembrava che non ci fosse un modo diretto per raggiungere la montagna. La strada è libera e aperta, ma lungo i lati ci sono recinzioni e ostacoli. La montagna mi attraeva irresistibilmente, ma tutto ciò che incontravo era filo spinato e proprietà privata. A un certo punto ho deciso di saltare un reticolato e di tagliare per un sentiero diretto attraverso un recinto. In un attimo mi sono ritrovato la caviglia sprofondata nel letame. È stato un incubo.

Ritornando sulla strada, ho deciso di camminare in città sperando di riuscire a trovare una strada laterale che mi portasse alla base o all'inizio di un qualche sentiero. In questo, il mio atlante era inutile. Non elenca nessuna delle stradine, ma solo le principali strade statali e le autostrade federali.

Mi sono ritrovato a girare in tondo. Chiaramente di fronte a me c'era l'oggetto maestoso, una montagna che può essere vista per migliaia di chilometri, una peculiaritá del terreno che può essere visibile dallo spazio. Era tutto ciò che potevo vedere, ma sembrava non ci fosse modo di raggiungerla.

Mi ha ricordato il fatto che ci conosciamo da anni; come per tutto quel tempo, tu sia sempre stata così vicina, ma eri sempre con Ray. A volte, tu eri tutto ciò a cui riuscivo a pensare, ma sembrava che non ci fosse modo di raggiungerti senza violare un qualche tipo di fiducia che volevo rispettare, una fiducia che tenevo per entrambi e per ciò che voi due avevate insieme. Stranamente però, ora che sono dall'altra parte del continente, sento di poterti raggiungere e parlarti come non ho mai fatto prima. Questo mi ricorda l'altra notte quando stavo fissando la luna. Continuavo a chiedermi se anche tu la stessi guardando. Poi anche cosí lontani come siamo l'uno dall'altra, quell'istante, quel momento scintillante in cui fissavo fili argentei che scorrevano attraverso il fresco cielo notturno, ho pensato che poteva essere stato un momento in cui eravamo insieme.

Non sono riuscito a raggiungere la montagna. Tuttavia, mentre salivo su alcune colline circostanti, ho avuto un'intuizione sorprendente. Camminando mi sono imbattuto in una nuova frontiera del mio stesso potenziale. Il sole era abbagliante negli occhi mentre mi dibattevo da sotto il mio borsone pesante e rigonfio e avanzavo a stento su per le colline. Portando tutto ciò che possiedo, tutto ciò che ho per sostenermi, per ripararmi e confortarmi, ho barcollato all'ombra della montagna e il bagliore era sparito, allora sono riuscito a vedere. La leggera brezza rinfrescava la mia pelle con sollievo. Ho pensato: "Guarda Weldon, puoi spostare le montagne. Puoi spostare le montagne davanti al sole entrando nella loro ombra."

Chiamala pure la mia angolazione o prospettiva, ma ciò mi ha portato a una rivelazione magnifica. La nostra vista è limitata e c'è molto da dire su quello che siamo in grado di vedere chiaramente.

Poi, in cima a una collina, ho osservato la sera estendersi verso est mentre la superficie della terra roteava nella sua ombra. Con il cambiamento di temperatura, il vento ha iniziato a correre sulle colline. Poi ho notato tre corvi scivolare nell'aria sopra di me, fluttuando sulle ali e sul vento. Sembrava si stessero divertendo a surfare un'onda attraverso il blu intoccabile del cielo. Le persone tendono a pensare che i corvi siano minacciosi, ma a me sembrano sempre giocosi. Sono socievoli. Non vedo quasi mai nessuno di loro da solo, e gracchiano sempre insieme. Sembra che abbiano sempre degli amici e questo mi piace. Mi fa sentire che non siamo sempre soli.

Quando ero bambino, provavo a trovare i loro nidi. Si fanno notare all'aperto, fino al punto da essere odiosi, ma sono molto riservati nei loro covi. In primavera li osservavo mentre raccoglievano materiale per intrecciare i loro nidi per covare le uova. Ma sono uccelli intelligenti, sapevano sempre quando li stavo seguendo ed osservando.

Dubito, comunque, d'esser mai stato in grado di arrampicarmi sugli alberi per raggiungerli. Viaggiano su sentieri sui quali i miei passi sono troppo pesanti per poterli calpestare. Camminano sulle loro zampe; i loro palmi sono ventagli di piume. A volte mi toccano con le loro ombre, le palpebre che sbattono al sole nell'istante in cui mi passano sopra. Forse è l'unico modo in cui essi possono raggiungermi. Forse è l'unico modo in cui io posso raggiungerti, disteso tra le ombre dei miei pensieri, affollati di segni come scritti su un copione. O forse gli spazi tra le lettere dicono di più, forse gli spazi sono il cielo aperto e la luce del sole che splende attraverso il *folle volo* della mia vita.

Questa volta, ho fatto qualcosa di diverso rispetto alle lettere precedenti. Mentre sto scrivendo in realtà sono seduto sul marciapiede a Lone Pine appoggiato alla cassetta delle lettere. Voglio che tu riceva questa annotazione il più vicino possibile a questo momento.

Voglio che questa lettera ti venga recapitata senza indugio e forse, in questo, potrei avvicinarti come quando si parla al telefono e anche se la conversazione sta viaggiando per migliaia di chilometri di filo, rimbalzando tra i satelliti nello spazio, tu puoi ancora chiudere gli occhi e immaginare che la persona ti stia sussurrando direttamente nell'orecchio, quasi come se sentissi il calore del suo respiro che è molto più reale delle parole.

Il tuo amico,

Weldon

Cara Zoe,

una delle meraviglie del viaggio è guardare il percorso sul terreno misto e anche il cambiamento climatico mentre procedo. A volte nelle macchine, mi convinco di essere seduto immobile, fissato in uno spazio chiuso e il mondo si sta semplicemente trasformando intorno a me. Passare da regioni aride a luoghi con più umidità è come testimoniare l'arrivo della primavera, quando la terra arida e secca cresce di pini nel corso di un solo giorno.

Altre volte sono incuriosito dai movimenti. In piedi sul ciglio della strada, in attesa di un passaggio, il mondo sembra stabile e immobile mentre le macchine si precipitano. Una volta dentro le auto, l'immobilità è compattata in uno scompartimento mentre il mondo lentamente si sposta all'esterno. Non saprei dire quale preferisco, ma sono grato di aver capito la differenza.

Ho lasciato la California l'altro giorno e ora sono a Reno, in Nevada. Son partito da casa con soli $150 e sono quasi finiti, quindi ho pensato di andare in una delle città e provare a cercarmi un lavoro temporaneo per rifornire i miei fondi. Ho avuto la fortuna di trovare una stanza in una delle missioni religiose lungo Main Street. Quando esco dalla porta principale, svolto a sinistra e dopo pochi isolati cammino sotto un arco luccicante e scintillante che dice "La più grande piccola città del mondo". E poi più avanti, la striscia mi conduce lungo le luci abbaglianti dei casinò che si contendono tutti di accecare e sedurre ogni occhio che passa. Il ragazzo che mi ha dato un passaggio qui ha detto che è abbastanza facile trovare un lavoro in città, così ho camminato per le strade tutto il giorno a presentar domande di lavoro. Il ragazzo mi ha anche dato un suggerimento sul gioco d'azzardo. Ha detto: "La cosa peggiore che una persona può fare è vincere".

La missione è una vecchia casa vittoriana. Mi sono tenuto lontano dalle città da quando sono partito, perché mi sentivo più al sicuro a dormire in posti oscuri lungo le strade esterne. Ci sono troppe persone nelle città e non è sicuro dormire per strada.

Sono stato fortunato a trovare questo posto che è alquanto tranquillo e mi permette di mettere al sicuro le mie cose mentre esco a fare escursioni in città alla ricerca di lavoro.

Ci sono diversi libri qui e passo le serate a leggere, continuando altre mie avventure mentre esploro quello che le pagine contengono. Ne ho trovato uno molto interessante, ma mancano tante pagine della prima parte. Apparentemente è successo qualcosa di molto importante nell'apertura del libro, poiché ci sono continui riferimenti, ma sto cercando di capire di cosa si tratti man mano che leggo più a fondo nel romanzo.

In un certo senso, riflettevo su quanto questo assomigli alla mia vita. Come succede a tutti noi, o quasi, non riesco a ricordare nessuno dei miei primi anni. A volte, voglio pensare che la mia visione della vita fosse più pura allora, che la mia mente non fosse stata ancora disorientata dalle confusioni e ridotta alla routine dell'esistenza quotidiana. Dunque, l'interezza della mia vita è semplicemente un tentativo di ritornare alle origini, a quella dimensione che è troppo perfetta da ricordare, che comprende più di quanto la nostra capacità cosciente possa contenere. Una volta ho sentito che quando cresciamo, le nostre abitudini al sonno ritornano ai ritmi che abbiamo vissuto quando eravamo piccoli, che le nostre vite tornano lentamente alle loro origini dove poi finiscono. Forse allora potremmo risvegliarci, completamente e interamente, ma poi di nuovo, a quel punto, potremmo essere così stanchi, che vorremmo solo dormire.

Questo, però, mi disorienta. Ricordo che quando avevo circa sei anni dissi a mia madre che non avrei mai voluto avere figli perché sentivo che la vita è così dolorosa che non avrei mai permesso a me stesso di sottoporvi un'altra persona. Mi chiedo ancora se sia la scelta migliore. Siamo animali; la riproduzione è un aspetto essenziale della nostra esistenza.

Continua a venirmi in mente una delle righe dei frammenti degli scritti di Epicuro. Non riesco a ricordarlo esattamente, ma affronta la realtà della nostra esistenza individuale e afferma che siamo semplicemente gocce d'acqua in un grande fiume.

Adesso sembra strano perché sono in una terra bruciata e in una città ostinata. Tendo a ripetere a me stesso che sono semplicemente un segmento di una serie e in questo caso, come potrei essere così arrogante da dichiararmi la conclusione?

Ora aggiungo una nota più eccitante: ho vissuto il mio primo terremoto l'altro giorno. È stato mite, solo 3.1 circa sulla scala Richter, ma era comunque una bella scossa. Tutti parlano dei terremoti in California, ma non ho mai pensato di avvertirne uno in Nevada. Mi ha fatto pensare alle basi della mia vita e alle parti del mondo, della società e di me stesso, su cui faccio affidamento per un senso di stabilità. Non poteva esserci nulla che credevo fosse più stabile e sicuro della terra stessa, e poi all'improvviso ho cominciato a sentirla muoversi sotto di me.

Il deserto però è carino. L'aria è frizzante e si può vedere lontano per miglia in ogni direzione, perlomeno quando riesco a sbirciare dal labirinto dei muri torreggianti di Reno. A volte, lungo le lunghe file dei viali, riesco a vedere le colline che si ergono oltre il raggio della città. Mi ricordano che il fuori è sempre vicino quanto la più vicina porta.

Il tuo amico,

Weldon

19 Aprile

Cara Zoe,

parlare con te l'altro giorno è stato il più grande piacere che abbia mai provato. Infatti, mi sento come se fossi ancora raggiante dalla nostra conversazione. Il suono della tua voce è la più bella musica. Mi è sembrato come se la mia vita fosse diventata molto fredda e poi si fosse scaldata con la tenerezza dei tuoi pensieri. Sono anche contento che ti piacciano le mie lettere. Ero un po' preoccupato. Non sapevo se ti stessero annoiando o se avessi iniziato a pensare che fossi ossessionato in qualche modo. Scrivere queste lettere è stato per me un enorme aiuto, offrendomi l'opportunità di condividere i miei pensieri con qualcuno di cui mi posso fidare e che non salterà a conclusioni affrettate se dico qualcosa che potrebbe apparire confuso. Se cosí fosse, puoi essere certa che la confusione è interamente la mia, perché so che anche i piú vaghi concetti che potrei mai provare a esprimerti saranno compresi con la chiarezza che ricordo di aver visto nei tuoi occhi.

Sono ancora a Reno, ma ho intenzione di partire presto. Hanno ripulito il magazzino della missione religiosa l'altro giorno. A quanto pare, le persone lasciano sempre le cose qui quando partono e non tornano mai più a reclamarle. Di tanto in tanto puliscono per far spazio nel magazzino, suppongo per metterci altre cose che le persone abbandonano. Nel mucchio sono riuscito a trovare uno zaino che mi sarà di grande aiuto. Renderá il mio carico piú facile da sopportare.

Ho spedito il borsone militare a mio padre e l'ho ringraziato per avermi permesso di usarlo. Sono sicuro che era la sua ultima preoccupazione mantenere un vecchio borsone militare quando ha visto suo figlio uscire di casa nel cuore della notte e sparire nell'oscurità. Ma non potevo semplicemente lasciarlo qui perché fosse portato via nel prossimo carico per la discarica.

Mentre esaminavo le mie cose, ho notato quanto eccesso stessi ancora trasportando. Per tanti anni ho pensato a tutte le cose che voglio e questo ha cominciato a preoccuparmi. Se penso solo a quello che voglio e a quello che non ho, come potrei sapere cosa sono?

Per ora so che amo viaggiare; mi piace incontrare così tante persone diverse e abbracciare una così vasta gamma di luoghi. Ogni volta che vado al lavoro, passo sui binari della ferrovia che attraversano la città. A volte mi fermo sulle rotaie e guardo giù sulla lunghezza dei binari diretti a ovest verso le montagne lontane. Mi chiedo se da qualche parte queste linee si incontrino, come se quei binari paralleli si curvassero insieme da qualche parte fino a toccarsi, proprio come sembrano fare in prospettiva, nel punto di fuga. Ma anche questo mi preoccupa, perché quelle linee che sembrano correre fianco a fianco per sempre mentre le percorro, e mi chiedo se ci sia un luogo in cui queste linee si incontrino, se possano piegarsi l'una verso l'altra fino a toccarsi, o magari possano altrettanto facilmente allontanarsi l'una dall'altra per sempre.

Spesso devo aspettare che i treni passino perché è una linea di trasporto trafficata. Qualcuno mi ha detto che posso saltare su quei treni e mi porteranno oltre la catena montuosa della Sierra Nevada fino a Sacramento. Devo ammettere che ogni volta che vedo un treno penso di farlo davvero. Per lo più, lo so, l'ho fatto; per me, è più di un pensiero. L'ho reso realtà. Non soltanto penso di fare, io so che posso. Posso fare tutto ciò che voglio, ma di cosa ho bisogno e cosa mi serve?

Per quanto mi riguarda, sembra che io abbia trovato un modo eccellente per stabilire le mie necessità, poiché se davvero ho bisogno di qualcosa, allora devo essere disposto a trasportarlo e legarlo alla mia schiena e trascinarlo per tutta la vita. Questi viaggi sono un'eccellente opportunità per ridimensionare la mia vita e vedere se posso essere in grado di determinare ciò che è essenziale per me e forse poi, ciò che è essenziale *di* me. Sento veramente che sto spulciando attraverso gli scarti della mia esistenza alla ricerca del grano dell'essenza della mia vita.

Lavorare nel casinò è stato interessante. Come ti accennavo quando abbiamo parlato al telefono, sto lavorando come portiere nel turno di notte. Il layout dei piani è progettato per confondere. Tutte le pareti hanno specchi che agitano l'orientamento di una persona e amplificano l'eccitazione perché ogni volta che succede qualcosa, ogni volta che le persone alzano le braccia in festa o quando le luci iniziano a lampeggiare "jackpot", non è solo un evento, ma una miriade di riflessi di quell'evento.

La gente sembra divertirsi molto, il che è positivo. Ma a volte mi rattristo quando arrivo al mio turno di mezzanotte e vedo persone sedute alle macchinette e poi quando vado via la mattina alle otto, gli stessi sono ancora lí, seduti alle stesse macchinette, premendo gli stessi pulsanti, tirando la stessa leva, alimentando di denaro i dispositivi meccanici che in risposta squillano, suonano e lampeggiano.

Mentre mi intrufolo tra i giocatori, anche io tiro il manico per soldi, ma quello che tiro io è attaccato a una scopa. Non ci saranno montepremi, ma c'è sicuramente un monte (di sporcizia) da spazzare e anche se gli involucri per monete che raccolgo sono vuoti, prendo un assegno fisso alla fine di ogni settimana.

Ogni giorno, quando torno in missione a dormire, continuo ancora a sentire quei trilli nella mia testa. Quando mi sveglio, sono tendenzialmente spariti. Immagino di aver bisogno di questi intervalli di riposo per sistemare i turbolenti cambiamenti nei miei pensieri.

Meglio che concluda adesso. Ho trovato un altro libro interessante qui e voglio finirlo prima di partire tra un paio di giorni. Spero che tutto ti vada bene, e come già detto, è stato bello parlarti l'altro giorno. Prenditi cura di te.

Il tuo amico,

Weldon

24 Aprile

Cara Zoe,

come avevo previsto, sebbene la cosa non sia andata esattamente come volevo, ho lasciato Reno. Ho deciso che saltare su un treno non sembrava una buona idea questa volta. Sarei anche stato in grado di attraversare facilmente la catena montuosa della Sierra Nevada, ma la gente mi ha detto che Sacramento, specialmente intorno ai depositi ferroviari, può essere molto pericoloso. Ho fatto quello che dovevo fare a Reno. Così ho camminato lungo l'autostrada finché sono stato portato via con un passaggio.

Sono grato per l'opportunità di guadagnare qualche soldo e tornare ai miei viaggi, ma il lavoro era diventato disgustoso in senso letterale. Ero stato trasferito alla zona di carico e lí dovevo aprire ogni sacco di spazzatura e cercare qualsiasi oggetto che poteva essere stato gettato via volutamente e che sarebbe costato denaro al casinò. Recuperavo soprattutto i piatti che la gente gettava nella spazzatura dopo aver mangiato al buffet.

Suppongo che la gente lo faccia con risentimento. Forse perché perdono soldi vogliono provare a bruciare il casinò in cambio. Naturalmente nessun casinò avrebbe soldi se la gente non glieli desse volontariamente. In realtà però, questa gente non fa nulla per danneggiare questi posti; fanno solo in modo che un ragazzo come me debba rovistare tra la spazzatura e scovare i piatti dalla porcheria e dai rimasugli di cibo scartato, per un salario minimo.

Mi viene in mente una volta quando ero piccolo, alcuni bambini afferrarono il mio berretto da baseball e lo seppellirono in un sacchetto di calce usato per segnare i confini del campo delle giovanili di baseball. Lo tirai fuori e uscii dal capanno agitando i pugni alla cieca, ma l'unica persona che colpii era un tizio che non c'entrava niente. Non c'è dubbio che a volte siamo tutti vittime di ingiustizie, ma quando ci scagliamo contro di esse imprudentemente, ci facciamo solo del male, ancora peggio se spostiamo le nostre frustrazioni su qualcun altro.

Potrei, però, sbagliarmi sui piatti. Probabilmente ci

sono altri motivi per cui vengono gettati intenzionalmente o accidentalmente. Sicuramente non è tutto spinto dal risentimento perché spesso trovo anche dei soldi nella spazzatura.

In questo momento, sono nella California del Nord da qualche parte intorno a una vecchia città del legno chiamata Weed. Non sono sicuro di quanto sia lontana la città; non sono sicuro di quanto lontane siano tutte le altre cose per ogni direzione, tranne la bellezza spalancata davanti, che subito mi circonda e sembra estendersi all'infinito.

Qualcuno mi ha fatto scendere lungo l'autostrada 97 l'altra sera e ho iniziato a camminare lontano dalla strada per dormire. Mentre camminavo ho trovato una vecchia sezione dell'autostrada che era stata abbandonata qualche tempo fa per un percorso alternativo e probabilmente più diretto. Mi sono seduto per ore sulla strada sotto la luminosa luna piena.

Quando ero piccolo avevo un progetto enorme, o almeno per me era un'impresa ingegneristica straordinariamente estesa. Costruii un elaborato sistema stradale nel cortile dei miei genitori. Trascorrevo ore a far scivolare i miei giocattoli su ruote per quelle strade e percorsi che avevo fatto. Una volta, i miei genitori avevano fatto dei lavori a casa e i muratori lasciarono metà del sacco di cemento dopo aver finito il lavoro. Non avrei potuto essere più eccitato. Presi il mio piccolo secchio di plastica e iniziai a mescolarne un po'. Poi iniziai a pavimentare le strade che avevo scavato nella terra dietro casa. Pensavo di aver sviluppato qualcosa di veramente grandioso al momento. Trovai persino del bianco per dipingere le strisce che separavano le corsie.

Poi la notte successiva, ci fu un temporale. Quando uscii il giorno dopo, scoprii che la pioggia aveva spazzato via la maggior parte delle strade che avevo costruito. Ero sbigottito. Non riuscivo a capire. Tutte le strade che avevo visto nella mia vita da bambino mi davano l'impressione di essere permanenti, come se non si muovessero mai, come se fossero lì per sempre.

Poi ancora, qualche tempo dopo i miei genitori avevano messo le zolle nel cortile sul retro. Ricordo quanto fosse eccitata mia madre quando prendemmo un prato, ma io lo distrussi. Non potevo capirlo. Avevano completamente coperto il mio intero sistema stradale. Quello era qualcosa che avevo speso così tanto tempo a sviluppare, migliorare ed elaborare e per me era la cosa più importante del mondo. Poi all'improvviso scoprii che era stato completamente cancellato e che nessun altro si era nemmeno reso conto che esistesse.

Mentre sedevo a ricordare di questi eventi, continuavo a guardare giù per la vecchia e abbandonata strada al chiaro di luna. Ero seduto proprio accanto a un'enorme buca e attraverso di essa potevo vedere i diversi strati dell'autostrada. L'asfalto era stratificato come un sedimento. Poi vidi come la macchia del deserto cominciava a crescere oltre i lati e come l'asfalto si stesse lentamente sgretolando senza manutenzione. All'improvviso, non mi sembrava più una strada. Mi sono reso conto che quando percorro le autostrade, noto tante di quelle caratteristiche che sono create dall'uomo: le strade, i cartelli, gli edifici, le grondaie e le grate. E poi noto tutto il resto. Faccio ormai questa distinzione specifica tra la strada e il paesaggio. Mentre restavo seduto, ho notato che la strada altro non era che un semplice elemento geologico. Era stato prodotto proprio come qualsiasi altra cosa e non sembrava importare se fosse stato disposto dalle mani dell'umanità o se si trattasse di una convoluzione distorta della crosta del pianeta; è tutto modellato dalla natura, e proprio come le piante crescono le spine per le altre creature, così crescono fiori e frutti.

Il tuo amico,

Weldon

Cara Zoe,

avrai bisogno di portar pazienza con me perché questa lettera potrebbe essere abbastanza lunga. Ora che ci penso è una strana affermazione. Ho certamente molto da dire. Ho fatto delle esperienze entusiasmanti nell'ultimo paio di settimane e voglio raccontarti tutto, ma mentre ora scrivo, le pagine sono vuote. Tuttavia, quando troverai questa lettera nella posta, sentirai il peso dei tanti fogli contenuti nella busta.

Quando li sfoglierai, vedrai le righe di inchiostro che vi si intrecciano e si disegnano sopra. Poi quando leggerai, e solo mentre leggerai, l'immagine potrebbe essere completa.

Ho lasciato la California del Nord un paio di settimane fa. Mi sono accampato per un giorno o due al di fuori di Klamath Falls e poi ho iniziato a dirigermi verso il Cascade Range. Ho preso un passaggio fino al passo di montagna da un tipo interessante.

Durante il nostro viaggio continuava a dirmi che stavo facendo una grande cosa e che quando sarò più grande e ripenserò a questi viaggi, li apprezzerò sempre. Poi ha cominciato a dirmi che aveva sempre desiderato di aver fatto qualcosa di avventuroso in gioventù, fare l'autostop in giro per il Paese o in giro per l'Europa, di unirsi al Peace Corps o altro. Ero sbalordito. Era triste sentirgli dire queste cose come se sentisse di non aver mai avuto la possibilità di vivere i suoi sogni, di non avere speranze di realizzarli, come se considerasse la sua vita praticamente finita.

Iniziai a parlargli di mia zia. Non credo tu abbia mai incontrato la sorella di mio padre, vive fuori dallo Stato, ma a quanto pare ha sempre voluto diventare un medico. Tuttavia, si sposò molto giovane e abbandonò il college per vivere una vita domestica. Circa quindici anni fa suo marito è morto di leucemia. Dopo aver pianto la perdita, ha deciso di perseguire il suo sogno e diventare un medico. È tornata al college. Doveva essere verso i suoi 40 anni e poi è passata alla facoltà di medicina. Ora, è di fatto un medico praticante.

Ricordo una conversazione con lei una volta e mi disse che spesso si chiedeva se sarebbe stata accettata alla facoltà di medicina alla sua età, ma poi ammise che all'epoca non importava. Disse che mentre inseguiva il suo sogno, iniziò a fare esperienze che non avrebbe mai potuto aspettarsi e che quelle sono sempre le migliori, le esperienze che sono più grandi di quello che possiamo prevedere.

Sono proprio quelle attraverso le quali cresciamo veramente. La sua soddisfazione non fu il conseguimento della laurea, ma il percorso di sviluppo nel guadagnarla.

Il tizio sembrò contento di aver sentito questa storia vera e ne fui felice. Da un po' mi ero angosciato del fatto che non ero altro che un parassita, che tutto quello che stavo facendo era scroccare passaggi alla gente e non potevo offrire nulla in cambio; ma questo fatto mi diede speranza.

So che potrebbe non essere il caso per ogni passaggio, ma almeno questa volta sono stato in grado di dare a quest'uomo qualcosa in cambio, anche se quello che gli ho dato era solo una storia di qualcun altro, una storia di una parte della vita di mia zia, ma una storia che si adatta in modo diverso a ciascuna delle nostre vite.

Mi ha fatto scendere in un posto chiamato Fish Lake, che era il punto di riferimento più vicino al Pacific Crest Trail, o Sentiero delle creste del Pacifico, che potevo trovare sull'atlante stradale. Ha insistito per farmi una foto e mi ha chiesto se per caso mi infastidiva che mi guardasse mentre mi allontanavo.

Non saprei dire con certezza come potevo sembrargli mentre scomparivo nella foresta e mi dissolvevo nel verde infittito, ma so cosa sembrava a me. A lui poteva sembrare un'immagine perfetta, ma nella realtà ebbi difficoltà a trovare il percorso. C'erano tutti i tipi di strade per il trasporto del legname e mentre li seguivo continuavo a girare in tondo e non avevo la più pallida idea di dove fossi e se mi stavo avvicinando al sentiero o mi stavo allontanando da esso.

Poi mi sono reso conto di quanto fosse sciocco seguire le strade. Non erano state costruite per viaggiare in una direzione specifica e mantenerla, ma tagliate attarverso i boschi con l'intenzione di accedere a lotti specifici per la raccolta. D'altra parte, il Pacific Crest Trail è continuo dal confine del Messico al confine con il Canada ed ero certo di trovarmi a ovest del sentiero. Così abbandonai la strada e tirai fuori la bussola di plastica che avevo comprato al supermercato a Reno e iniziai a camminare verso est. Dovevo pur trovarlo e ci riuscii.

Era piuttosto tardi, quindi salii solo poche miglia lungo il sentiero sopra il passo. Notai che le chiazze di neve cominciavano ad esser più grandi mentre salivo in altitudine. Poi il giorno dopo, quelle chiazze continuarono a farsi sempre più grandi finché non ce ne fu più alcuna, c'erano solo chiazze di terreno spoglio nella neve, le quali, continuando a salire, cominciarono a ridursi fino a quando sparirono e non rimase nient'altro che neve.

Questo mi sorprese. Dopo tutto, era quasi maggio all'epoca ed essendo io dell'Alabama, non mi aspettavo che ci fosse neve ovunque. A quel punto compresi di aver percorso almeno otto miglia e non aveva senso tornare indietro. Non mi resi conto che dovevo percorrere altre ottanta miglia o più, prima di attraversare un'altra strada. Mi ritrovai a trascinarmi a stento per otto giorni sulle montagne attraverso la neve.

Però fu magnifico. Non vidi impronta alcuna di un'altra persona, ma vidi a volte orme di alci e altri animali. C'era un punto che era la massima altitudine di quella sezione in cui il sentiero saliva lungo una dorsale e sormontava il Picco del Diavolo prima di immergersi nuovamente nelle foreste. Dopo aver abbandonato il tentativo di seguire il sentiero, mi arrampicai sulle sporgenze rocciose ai margini della dorsale.

Potei vedere la linea della curva della cresta verso la vetta come un ferro di cavallo, quindi ebbi un'idea di dove stavo andando o almeno pensavo di averla. Per fortuna mi stavo avvicinando alla vetta da sud, perché se avessi cercato di scalare la parete nord della dorsale attraverso la neve sarebbe stata una sfida molto più impegnativa.

Mentre camminavo, iniziai a preoccuparmi delle possibili cause di una valanga. Non so nulla di alpinismo. Davvero, non ne so nulla, e nemmeno di campeggio. Tutto ciò che avevo erano un paio di pagnotte, del burro di arachidi, marmellata e diversi pacchetti di noodles seccati. Non avevo nemmeno una torcia. Ma poi, in un certo punto lungo la dorsale, vidi alcune orme. Devono essere state di un coyote, ma erano enormi, grandi come quelle di un lupo. Le orme risalivano direttamente su per il pendio senza tagli o deviazioni e poi scendevano dritte dall'altra parte. Pensai che questo fosse il modo migliore per farlo, dopotutto, questa era casa per quell'animale, ed esso o essa lo avrebbe sicuramente saputo meglio di me, perché è così che sopravvive. Se avessi camminato lungo il pendio con una certa angolazione, avrei potuto far scattare un punto di pressione che sosteneva un banco di neve e che sarebbe il posto peggiore in assoluto in cui trovarsi se quell'intero banco fosse slittato dal lato della montagna e, quindi, direttamente sopra di me. Così, quando raggiunsi la parete nord, dove non c'era nient'altro che un innevato pendio di neve, mi fiondai direttamente giù.

Fu divertente, ma dopo accadde un evento che mi

fece pensare o, piuttosto, diversi eventi che mi hanno aperto gli occhi su una realtà della mia vita. Poiché il sentiero era sepolto sotto la neve, era estremamente difficile proseguire attraverso i boschi. C'erano dei marcatori sugli alberi, ma questi non erano molto frequenti, quindi la maggior parte delle volte dovevo fare affidamento solo sula mia bussola e sula disposizione del terreno. Mentre mi allontanavo dal sentiero, camminavo spesso sugli alberi caduti e coperti di neve. Quando gli alberi si decomponevano, scioglievano la neve attorno a loro e creavano delle piccole grotte che non riuscivo a vedere. Poi, quando ne calpestai una, ci caddi proprio attraverso. Mi sará successo diverse volte al giorno. Camminavo allegramente e tutto all'improvviso, puff, mi ritrovavo con la neve fino al collo. Poi faticavo a risalire avendo il peso dello zaino sulla schiena.

Mi inquietai diverse volte. Iniziai incolpando il sentiero, poi tutto il resto. Non dicevo niente ad alta voce, anche se ero da solo, ma vaneggiavo nella mia testa. Poi a un certo punto mi fermai e dopo aver calmato i miei pensieri, dissi qualcosa ad alta voce. Smisi di incolpare il mondo e dissi qualcosa a me stesso, come se stessi parlando a qualcun altro, come se stessi parlando a una parte di me che ero pronto ad accettare. Dissi: "Weldon, tu sei quello che ha fatto questa scelta. Non c'è nessuno responsabile per quello che stai facendo tranne te stesso. Non c'è nessuno entro cento miglia da te. Sei completamente solo. Se vuoi sopravvivere, devi salvarti la vita."

Ovviamente ce l'ho fatta, altrimenti non avresti ricevuto questa lettera, almeno fino a qualche tempo dopo il disgelo dell'inverno con la foresta piena di escursionisti e qualcuno avesse trovato questo biglietto nella mia mano senza vita e tesa per raggiungerti.

Uno degli avvenimenti più spettacolari è stato dopo l'ultima notte prima di completare questa sezione del sentiero. Feci il mio tipico infagottamento nel mio sacco a pelo e mi misi una felpa sulla testa. Quella notte nevicò di nuovo e io fui completamente sepolto. Quando mi svegliai al mattino, mi resi conto che ero coperto di neve, ma la cosa non mi infastidí affatto.

Anzi, provai uno strano senso di pace e di quiete. Rimasi sdraiato tranquillamente lì per un minuto e mi domandai se sarei riuscito a tirarmi fuori, se la neve mi avrebbe seppellito in modo da non riuscire ad emergere in superficie. La felpa era ancora sul mio viso e non riuscivo a vedere luce alcuna. Ma anche pensando a ciò non mi preoccupai. Mi sentivo a mio agio. Poi dopo un pò, suppongo più per curiosità che per preoccupazione per me stesso, agitai il braccio all'insú e scansavo la neve sopra la mia faccia e la luce fu brillante. Mi sentii come se stessi rompendo un uovo dall'interno e stessi emergendo in un nuovo luminoso giorno.

Poi tirai fuori il mio zaino e arrotolai il sacco a pelo e feci l'ultima salita, e all'improvviso mi trovai sull'orlo del Crater Lake. La vista era mozzafiato. Il cratere è in cima a un vulcano eruttato circa 8000 anni fa l'ultima volta. L'eruzione fu abbastanza potente da espellere le rocce dall'atmosfera. Non potei fare a meno di chiedermi quante di quelle rocce siano ormai cadute nel sole e quante di esse stanno ancora precipitando nell'immensità dello spazio.

È mattina adesso ed io sono quasi alla base della montagna. Sono immerso in un meraviglioso mondo di vita lussureggiante. C'è un piccolo torrente che precipita giù dalla montagna, che schizza dolcemente come dolci risate sopra le pietre coperte di muschio. Ovunque il terreno si protende in aria in un soffice verde vivo. So che questo scarabocchio sulla pagina è ancor meno delle orme del coyote in confronto alla magnificenza dell'essere vivente che passa come un fantasma sulla neve, ma adesso è l'unico modo in cui posso condividere questo momento con te e non riesco a pensare ci sia altro che preferirei fare.

Il tuo amico,

Weldon

Cara Zoe,

parlare con te l'altro giorno è stato meraviglioso. Stavo camminando per una città, avevo qualche spiccio e non ho potuto resistere dal telefonare. Grazie per l'offerta di addebitarti la chiamata, ma non potevo farlo. Non potevo permettermi di fare nulla a tue spese. Devo ammettere, però, che volevo sentire se avevi letto la mia ultima lettera. Probabilmente ad oggi lo avrai fatto. Non saprei cosa abbia causato il ritardo nel riceverla. È bello pensare che forse mentre scrivo questa lettera, tu starai leggendo proprio quella. Mi sento anche sciocco perché non ti ho nemmeno ringraziato per la lettera che mi hai scritto a Reno. Penso di averla letta centinaia di volte soltanto stamattina.

Dopo la mia ultima escursione, ho deciso di fare una breve pausa. Per qualche ragione il nome di Dostoevskij continuava a risuonarmi in testa. Poi, mentre camminavo per una città e passavo davanti a una libreria, sotto la gronda, fuori, avevano uno scaffale di vecchi libri in brossura e quando ho lanciato uno sguardo, i miei occhi sono atterrati direttamente su uno dei suoi libri. Ho dovuto comprarlo e ho deciso di accamparmi per un po' e di leggerlo.

Ho trovato un bel posto per il momento. È fuori mano lungo il lato di un torrente e c'è uno spazio perfetto per il campeggio sotto un enorme abete americano. Quest'albero è gigante. Ci sono alcuni binari della ferrovia nelle vicinanze e li ho percorsi a piedi per un paio di miglia fino a un negozio dove posso trovare da mangiare quando ho fame.

Il torrente è una bella compagnia. Mi ricorda quello vicino la casa dei miei genitori. Trascorrerevo ore ogni giorno lungo il lato di quel torrente quando ero più giovane. In un certo senso, quel torrente mi ha insegnato molto sul percorso narrativo. Conoscevo ogni corrente vorticosa, ogni secca, e seguivo la disposizione delle rocce e il flusso della corrente. Poi, dopo ogni tempesta, mi piaceva correre giù agli argini per vedere come erano cambiati. Col tempo, l'acqua fangosa si sarebbe ripulita quando l'onda della tempesta si sarebbe ritirata e lentamente sarebbe apparsa una nuova insenatura. Le secche si sarebbero spostate, le rocce si sarebbero risistemate, la corrente sarebbe cambiata. Cambiava costantemente.

Mi piaceva anche trovare gli animali. Le tartarughe erano sempre le mie preferite. Le amo per la loro pazienza, la loro perseveranza, il loro sguardo fisso calmo e curioso. Le amo per la loro compostezza. Hanno tutto ciò di cui hanno bisogno, portano persino la loro casa sulle spalle. Poi ogni volta che vogliono riposare o dormire, si ritirano semplicemente nei loro gusci e sono al sicuro. Ciò che sembra davvero magico, tuttavia, è dopo aver osservato i loro passi che sono gravosi sul terreno, ma quando scivolano nell'acqua è come se volassero. Quel fardello viene sollevato da loro ed esse ballano elegantemente, a volte con la punta delle dita delle zampe che tocca a malapena il limo che muovono dal letto del fiume come se aggiungessero uno svolazzo al loro volo.

La mia recente escursione a Crater Lake sembrava cambiare il mio atteggiamento in tanti modi. Ciò che è più degno di nota è il mio modo di mangiare.

Prima, divoravo i miei pasti come se stessi correndo attraverso un obbligo imposto. Non me li godevo i pasti. Li notavo a malapena. Mangiavo semplicemente per riempire un vuoto ed evitare il disagio della fame.

Ora mangio lentamente, masticando ogni morso fino a quando non è praticamente liquefatto. Gusto ogni sapore sottile per assaggiare come gli ingredienti distinti si fondono in combinazioni e composizioni sempre mutevoli. Anche la vista di un pasto preparato sembra sacra. In un certo senso, è come la pratica dell'apprezzamento. La maggior parte delle volte nella mia vita, ho sempre considerato la disponibilità del cibo come un dato di fatto e non ho mai pensato quanto sia prezioso il sostentamento e tutto ciò che viene coinvolto nel fornirlo.

Mi ha ricordato un libro che ho letto di Joseph Campbell quando ero al liceo. Menzionava l'importanza della preghiera prima dei pasti, di come fosse uno sforzo cosciente di una persona per riconoscere ciò che era stato dato. È un'espressione di gratitudine. Dopo tutto, non c'è dubbio che molti animali e piante hanno dato la vita cosicché io possa sopravvivere. Quindi questo mi fa ragionare su cosa viene dato della mia vita, a cosa dà sostentamento la mia vita e permette di sopravvivere?

La preghiera è stata un argomento delicato per me per un periodo di tempo. Pregavo intensamente quando ero bambino. Ho l'insonnia sin da quando ero molto giovane e, mentre ero sdraiato al buio per ore, non c'era nient'altro da fare che pensare che potesse esserci qualcos'altro oltre a quel poco che capivo. È istintivo credere che ci sia qualcosa di infido nell'oscurità, che ci siano mostri in agguato nell'ignoto, che ci sia pericolo al di là di ciò che possiamo vedere. Ma ho pensato che potrebbe esserci qualcosa di buono, qualcosa da capire. Come si fa da bambini, ho parlato nello spazio aperto, quasi una preghiera, chiedendomi se potesse esserci una risposta.

Poi, quando avevo circa quattordici anni, notai che tutto ciò che facevo quando pregavo era di chiedere cose o comprensione o di chiedere il perdono.

Sembrava arrogante. Sembrava uno stupido tipo di magia, come se stessi cercando di soggiogare alcuni poteri soprannaturali per soddisfare la mia volontà, soddisfare i miei desideri e risolvere i miei errori. Ora sento che invece di chiedere quello che voglio (per me), userò ciò che mi è stato dato. Non prego per la salvezza. Apprezzo la vita vivendola e realizzando il mio potenziale. Sento di aver dimostrato ciò che valgo grazie a quello che sono diventato, accettando il fatto che ogni traguardo mi presenterà sfide sempre più grandi.

L'altra notte, ho avuto un incidente sorprendente. Ancora non ho una torcia, quindi vado a letto presto e guardo le stelle sopra la testa e medito finché i miei pensieri non si addensano in uno stato di sonno sciropposo. Per qualche motivo, o per la mancanza di esso, l'altra sera agitavo le dita sul mio petto. Il suono di questa smania faceva un rumore frusciante e rovistante sopra il sacco a pelo. Un gufo apparentemente lo ha scambiato per un topo in cerca di cibo sul terreno e ha volato sopra di me. Non ho sentito suono alcuno perché hanno delle penne appositamente adattate in modo che possano volare silenziosamente e non spaventare la loro preda, ma ho sentito il vento del suo volo incurvarsi in vortici d'aria sul mio naso e sfiorare le mie labbra. Per un momento, è stato come un battito di ciglia del cielo stellato mentre le sue ampie ali volavano dritte sul mio viso. Fortunatamente, il gufo è stato in grado di capire all'ultimo momento che le mie dita non erano in realtà un topo, perché sono sicuro che avere gli artigli di un gufo affondati nelle mani sarebbe un dolore fastidioso. Ed anche il gufo si sarebbe terrorizzato una volta accortosi di aver afferrato qualcosa che non sarebbe stato facilmente sollevato dalla terra. Eppure è stato incredibile, arrivare così vicino a toccare un gufo in volo con il mio naso mentre giacevo completamente immobile.

I miei sogni di notte sono stati interessanti da quando sono partito. Molti di essi implicano conflitti. Continuo a sognare di combattere, anche se non so con chi o per cosa. C'è, però, una differenza coi miei sogni di prima. Non sono bloccato nel liquido denso e viscoso in cui di solito mi muovo nei miei sogni, inciampando nella goffaggine attraverso una resistenza inevitabile. Invece, mi muovo liberamente e senza fatica come un pugile professionista. Altre volte, sogno di discutere con le persone. Continuo a discutere di punti particolari sulla poesia e la mitologia di William Blake, ma non ho la più pallida idea con chi io stia discutendo o perché.

La scorsa notte ho fatto uno dei sogni più affascinanti che abbia mai fatto. Ero in una lunga fila a una mensa per i poveri. Sono stato in alcuni posti simili quando ho soggiornato per breve tempo in missioni religiose, ma non sono riuscito a riconoscere questo del sogno. Mentre aspettavo in fila, ho guardato verso la mia sinistra e ho visto te. Eri seduta su una sedia e mi fissavi; avevi sul viso l'espressione più triste che possa esistere. Non riesco a credere, però, a quello che ho fatto.

Ti ho vista proprio accanto a me, a pochi passi di distanza e sono rimasto in fila e ho continuato a camminare lentamente verso i mestoli che servivano la minestra. Non riesco a immaginare di quale miglior nutrimento potrei mai aver bisogno se non confortarti.

Guardando indietro, penso che sia stato un sogno sciocco; penso che in realtà, quello che avrei fatto, quello che mi sarebbe tanto piaciuto fare sarebbe stato di uscire da quella sudicia fila e camminare subito verso di te. Mi sarei inginocchiato e avrei sollevato le tue tenere mani con le mie. Immagino poi che ti avrei sollevata da quella sedia cupa e dai tuoi piedi delicati, e sarei saltato su verso il cielo con te tra le mie braccia, sollevandomi con nubi cumuliformi e, delicatamente, ti avrei posata in un posto dove il sole splende sempre e l'aria è calda e pulita. Avrei spostato i capelli dal tuo viso e ti avrei baciata teneramente mentre mi distendevo al tuo fianco, premendo calorosamente i nostri corpi insieme in modo che nulla al mondo potesse mettersi tra noi e ogni centimetro del nostro essere si potesse abbracciare, e le nostre vite si sovrappongano e fluiscano come fiumi, mentre corriamo nel nostro corso insieme per dirigerci verso l'immensità del mare.

Adesso chiudo. Le mie dita sono intorpidite dal

premere sulla penna. Però mi piace. Ci sono piccole dentellature che restano sulle punte delle dita per un po'. È come se avessi fatto pressione contro qualcosa che desidero passare, qualcosa che desidero attraversare e forse questo ostacolo è la mia distanza da te.

Il tuo amico,

Weldon

8 Giugno

Cara Zoe,

mia nonna ti piacerebbe da morire. Sono stato con lei in Oregon City per qualche settimana mentre aspettavo che la neve si sciogliesse sulle montagne, poi son tornato nella natura selvaggia. Lei è la madre di mia madre, o forse dovrei dire è mia nonna materna, ma mi piace come suona "la mamma di mamma." Sembra piú caloroso, come un morbido strato che copre un altro in un conforto sicuro e nutriente. Ho dovuto interrompere la stesura di questa lettera per un momento per dirlo più e più volte e sentire come il suono mi riempie la bocca di un mormorio cullante. Se qualcuno passasse di qui, probabilmente penserebbe che io sia pazzo mentre ripeto questi suoni tra me e me. O forse penserebbe che un'ape ronzante sia intrappolata nel fiore della mia bocca. A volte mi consumo dalla sensazione di modellare i suoni delle parole. Le loro forme udibili sono molto diverse dalle figure stilizzate di questo scritto.

Ad ogni modo, mia nonna è una donna

meravigliosa. Ci sediamo per ore e lei mi racconta delle storie. Anche lei è ferocemente indipendente, quasi fino a una colpa. L'altro giorno sono andato al negozio per lei, così non avrebbe dovuto portare le buste e quando sono ritornato, stava tagliando il prato davanti alla sua roulotte. L'ho sgridata, anche se in tono ironico come spesso facciamo, perché penso mi abbia mandato appositamente al negozio per poter tagliare il prato e non doverlo chiedere a me, o piuttosto eludere la mia insistenza a farlo per lei. Ho dovuto dirle che ero suo nipote e che dovevo essere io a farlo per lei. Lei aveva già fatto il suo lavoro allevando mia madre e i miei zii. Era il suo turno ora di rilassarsi. Era il suo turno di essere curata.

Mentre sono qui, mio zio è stato abbastanza gentile da lasciarmi lavorare a casa sua per guadagnare un po' di soldi. Possiede un campo di fragole fuori città. Ha detto che sarebbe stato utile usufruire della mia esperienza in ambito di architettura del paesaggio poichè avevo svolto quel lavoro in passato, e sto piantando cespugli di rose intorno casa sua e alberi da frutto per un piccolo frutteto.

Esaminare i campi di fragole mi riempie comunque di una strana sensazione. Il raccolto di quest'anno è stato appena piantato e posso vedere i piccoli germogli teneri che emergono dal terreno fertile. Mi diverto a guardare le file e ad osservare come cambia la ripetizione dei solchi mentre mi muovo nel cortile. So che ogni riga è praticamente la stessa, ma da qualsiasi posto in cui mi trovo, sembrano tutte diverse. Alcune file si allineano alla mia vista e si estendono diritte lungo la lunghezza del campo, ma le altre si inclinano in strani ritmi come la trama scintillante e pulsante della tessitura della seta. La differenza in questo caso è che i fili sono piccoli germogli di vita, quindi questo campo spunterà come una farfalla in migliaia e migliaia di piccoli e succosi rubini di frutta. So che i solchi si allineano in file ordinate e se vedessi il campo dal cielo, lo vedrei chiaramente, ma da dove sono, sulla terra, posso vedere solo un paio di file alla volta mentre mi muovo per piantare un pero dopo l'altro.

A volte è strano perché riesco quasi a vedere mia madre nei campi a lavorare. Me l'ha detto diverse volte, e credimi che non mi avrebbe mai permesso di dimenticarlo, che aveva passato la maggior parte delle sue estati da bambina nei campi di fragole a raccoglierle con i suoi fratelli e i genitori. Ho dimenticato quanto ha detto che guadagnasse, ma penso che fosse qualcosa come una ventina di centesimi al giorno. All'epoca avevano poca scelta e lottavano per sopravvivere. Lei consegnava il denaro che aveva guadagnato ai suoi genitori dopo che il sole era tramontato e il giorno aveva cominciato a scurirsi e a raffreddarsi. È doloroso per me immaginare che lei abbia dovuto fare questo. I cespugli di fragole sono davvero corti, quindi è più facile strisciare mentre si lavora e vedo mia madre come una tenera bimba di cinque anni che gattona nella terra e trascina le cassette dietro di lei. La cosa peggiore, anche se so che i miei nonni non l'avrebbero mai fatto, è come molti dei bambini venivano schiaffeggiati dai loro genitori quando le fragole che portavano alla stazione di pesatura erano ammaccate.

Mentre pensavo a questo, però, mi sono ricordato

di qualcosa che ti avevo scritto in una lettera precedente. Era la storia di quando da bambino dissi a mia madre che non avrei mai voluto avere figli. Ora penso a come deve averla ferita sentirmelo dire. Perché una madre che sente il proprio bambino fare una tale affermazione e vedere il dolore che prova quello stesso bambino così piccolo, potrebbe facilmente iniziare a dare la colpa a se stessa, potrebbe cominciare a credere che in qualche modo lei abbia inavvertitamente causato quel dolore.

Adesso questa sconcertante affermazione sembra essere più una fonte di vergogna. Per anni ho pensato che avevo fatto questa affermazione per uno stato mentale incorrotto di bambino, che nel mio piccolo, ero deciso ad alleviare la sofferenza nel mondo. Ora, mi rendo conto di aver fatto quell'affermazione per pura mancanza di considerazione. Stavo solo pensando a me stesso, al mio desiderio infantile di porre fine al disagio che sentivo. Avevo solo considerato quello che provavo, senza considerare il mio bisogno di percepire, non solo ciò che volevo, ma di captare la realtà. Ora, accettando quell'affermazione e la mia vergogna di averla detta, invece di rannicchiarmi dietro quest'ultima, le apro la mia vita. La accetto con un certo grado di comprensione e ora mi chiedo cos'altro trascuro e ignoro.

Cerco di ricordare a me stesso che mi lascio sempre sfuggire qualcosa. In effetti, da quel poco che riconosco, ammetto che trascuro quasi tutto, e sempre. Ricordo una volta quando ero piccolo, stavo camminando attraverso i boschi e vidi un cespuglio. Lì dentro, proprio accanto a me c'era un uccellino. Rimasi quasi sorpreso quando lo vidi e non riuscivo a credere che non fosse volato via. Era così vicino che potevo raggiungerlo e toccarlo e sebbene fosse delicatamente appollaiato su un ramoscello, era immobile come una pietra. Non sembrava reale perché in ogni esperienza che avevo avuto prima con gli uccelli, erano sempre volati via ogni volta che mi ero avvicinato. Mi resi conto allora che si credeva completamente nascosto e immaginava che avrei continuato a camminare senza accorgermi di lui. Poi ho pensato di quanto spesso fossi effettivamente passato accanto a degli uccelli nella boscaglia e non li avessi mai notati. Mi sono reso conto di quante cose mi perdessi, convinto della mia visione, ma in realtà riconoscendo solo quello che mi aspetto di vedere.

Lavorando sotto il sole oggi, meditando su questi ricordi lontani, immaginai nella mia mente la tristezza e il dolore che dovevano essere caduti sul viso di mia madre quando mi sentì pronunciare quell'affermazione da bambino. A quel tempo, non potevo vederlo. Non avevo aperto gli occhi abbastanza per iniziare a riconoscere qualcun altro. Sentii solo me stesso.

Poi mentre facevo queste considerazioni, ho guardato attentamente nel campo ed è stato come se potessi vedere mia madre da bambina asciugarsi il sudore dalla fronte con il dorso della sua piccola mano e lei mi ha guardato, e ho visto il suo sorriso con grande affetto.

Il tuo amico,

Weldon

Cara Zoe,

la foto che hai inviato è bellissima, o meglio, sei più bella nella foto di quanto ricordassi. Aspetta, non è cosí. Vedi, è ancora difficile per me dire cosa intendo.

Non posso semplicemente dire che sei bella senza cercare di confrontarti con qualcos'altro? Non posso semplicemente vedere la tua bellezza per quello che è di per sé? Grazie per aver inviato la foto.

Spero non ti dispiaccia, ma la tengo nel libro che sto leggendo. Mi chiedevo se potresti sentirti offesa da questo, e ho provato a ragionare e ho pensato che forse è come un fiore conservato tra le pagine, ma so che non è giusto, perché non vorrei provare a legarti in un libro; voglio solo che tu viva la tua vita come vorresti. Inoltre, se pensassi che la tua foto fosse un fiore, dovrebbe essere strappata e sarebbe anche peggio. In un certo senso, ho pensato che potesse mostrarti quello che sto leggendo in questo momento, offrendoti cosí una parte di me.

Le tue lettere sono meravigliose. Grazie per averle

scritte e inviate. Le leggo costantemente. Posso quasi sentirti parlare. Chiudo gli occhi e ripeto le frasi che ho praticamente memorizzato e cerco di immaginarti qui con me. Grazie per aver condiviso i tuoi pensieri.

Ho lasciato Oregon City adesso e ho fatto di nuovo escursioni attraverso la natura selvaggia. I luoghi sono magnifici. Ho comprato un piccolo fornello a gas da campeggio in un negozio di ferramenta che mi permette di cucinare farina d'avena e maccheroni al formaggio. Anche se ora è estate, fa freddo arrampicarsi sulle creste delle montagne e i pasti caldi sono confortevoli.

Le cascate sono una straordinaria serie di vulcani. Giorno dopo giorno, mentre cammino, ne vedo una davanti a me allargarsi lentamente a ogni sguardo che guadagno attraverso le fitte foreste e poi all'improvviso mi ritrovo ai suoi piedi mentre cresce spaventosamente sopra di me. Poi ci giro attorno ed essa lentamente si allontana dietro di me mentre un'altra si erge davanti.

Mi dispiace di non averti scritto ultimamente. Magari pensi che io abbia tutto il tempo del mondo per scrivere qualcosa e spero che non ti sia preoccupata, ma non ho ancora comprato una torcia. In realtà, non ho nemmeno una tenda che potrebbe sembrare una cosa assurda poiché faccio escursioni in quella che è praticamente una foresta pluviale temperata. Ma qualcuno che mi ha offerto un passaggio mi ha dato un telone perché pensava che io fossi un matto a fare escursioni senza un minimo riparo. E poi ho comprato un'amaca da 2 dollari. Quando non piove, dormo semplicemente per terra. Ma quando piove mi metto sull'amaca con il telone cerato sopra la testa così rimango coperto e asciutto. Inoltre, è probabilmente più leggero di una tenda, per non parlare del risparmio economico. Con i soldi che ho, meno spendo, più posso andare avanti senza dovermi fermare per trovare un lavoro. Quindi, tiro alla lunga ogni centesimo il più possibile.

Il momento migliore per scrivere sarebbe di notte, ma senza una torcia è impossibile, a meno che tu non voglia provare a leggere lettere con linee scarabocchiate che vagano illegibili sulle pagine. In quel caso, invece di descrivere il mio vagare, l'esteso scritto sarebbe più di un'illustrazione e ancor più difficile, se non impossibile, da seguire.

Cammino durante le ore di luce del giorno. Poi stendo il mio sacco a pelo, cucino un pasto veloce di maccheroni al formaggio e mi sistemo per dormire. Non mi preoccupo mai di accendere un fuoco. Sembra uno spreco. Sto bene al caldo avvolto nel mio sacco e anche se un fuoco potrebbe fornire una luce brillante, si vedrebbe solo qualche metro, mentre invece al buio posso vedere fino alle stelle.

In questo momento, sono fuori dal sentiero. Nei principali passi di montagna, di solito mi fermo e faccio l'autostop fino alla città più vicina, compro provviste e scarico la spazzatura in un cassonetto. Questa volta mentre mi dirigevo in una qualche città, qualcuno mi ha parlato di una fiera che si stava facendo fuori Eugene e ho pensato di dargli un'occhiata.

La fiera è stata interessante. Si tratta di un festival di controcultura, hippie, che si tiene ogni estate sin dai primi anni '70. Ho trovato un lavoro con una delle squadre che ripuliscono i contenitori per il riciclaggio e, così facendo, ho potuto mangiare e visitare la fiera gratuitamente.

C'erano molti stand affascinanti con persone che discutevano di tutti i tipi di energia alternativa e varie idee riguardanti la formulazione e la teoria sociale, ma devo dire che, per gran parte, sono deluso. Ci sono così tante persone in fiera che sembrano romanticizzare il passato, il vecchio stile di vita da cacciatori-raccoglitori, preistorico insomma, con le gerarchie sociali tribali inevitabilmente severe che sono un po' assurde. Per me, la società è progredita oltre.

Senza dubbio, sto vivendo in prima persona cosa significa lottare per vivere in natura. Devo ammettere che poter girare una maniglia di rubinetto e avere istantaneamente un getto d'acqua calda è un lusso che ho imparato ad apprezzare. Il più delle volte, mi sento abbastanza sudicio e non sono assolutamente nello stato in cui mi piacerebbe tu mi vedessi. Faccio il bagno allo stato brado, saltando nei fiumi freddi che si formano in montagna quando la neve si scioglie, ma a volte mi dispiace per le persone che mi danno un passaggio nelle loro macchine perché so di puzzare. Non direi che questo sia del tutto negativo, o almeno non per il momento. Mi ricordo che quando arrivai per la prima volta a casa di mia nonna, mi fece fare immediatamente una doccia. Mentre mi lavavo, vidi che l'acqua era diventata granulosa per lo sporco quando risciacquavo. La sola vista di questo mi fece sentire che mi stavo davvero rinfrescando, che mi stavo rinnovando. Ma poi, ogni giorno successivo a questo raccontato, mentre stavo da lei, anche dopo giorni di duro lavoro dai miei zii, mi facevo la doccia e l'acqua che lavavo dal mio corpo rimaneva chiara. Sentivo che non stavo ottenendo nulla con le docce. L'acqua era solo offuscata dalla schiuma del sapone. Sembrava che non potessi sentirmi pulito a meno che non permettessi a me stesso di essere prima sporco.

Questo probabilmente suona un po' disgustoso e ora sono un po' imbarazzato nel mandarti la lettera. Se mi vedrai di nuovo, ti prometto che sarò docciato e indosserò vestiti puliti. Questo mi fa venir voglia di confessarti qualcosa. Voglio dirti che sono ancora vergine. Non so cosa potrai pensare di ciò. So che dai maschi è spesso disapprovato e fonte di vergogna. Non so come la vedi tu e non mi importa. Ray non ha mai detto niente su di voi due a tal riguardo; era sempre un gentiluomo e non si piegava mai a nessun tipo di vanagloriosa buffoneria. Credo sia stato uno dei motivi per cui lo ammiravo. Era abbastanza forte da non aver bisogno della tipica affermazione che gli altri cercavano sempre.

Non devi rispondere a questo la prossima volta che parliamo. In realtà, sento che non avrei dovuto dirlo. Come ho detto, non ha importanza per me, ma volevo essere franco con te. Voglio mostrarti cosa sono veramente e questo è qualcosa che so per certo.

Il tuo amico,

Weldon

Post Scriptum

Di solito leggo le mie lettere prima di sigillarle in una busta. Questo spiega perché ci sono sempre così tante parole cancellate e correzioni. Spero che le mie lettere non ti diano la terribile impressione che io sia una persona confusa e scombussolata, anche se spesso mi sento proprio cosí. Tuttavia, sono un po' nervoso a rileggere questa lettera. Mi chiedo se ho esagerato e spero di non averti dato una cattiva impressione su di me. Ho deciso che finisco qui questa breve spiegazione e sigillerò la lettera in una busta, ci scriverò sopra l'indirizzo e l'affrancherò, cosí in un modo o nell'altro la riceverai. Tuttavia, mi prenderò un po' più di tempo per valutare se spedirtela o meno. Forse potrei decidere di dartela di persona cosí la leggerai mentre sono con te, o potrei leggertela io.

Cara Zoe,

perdonami per aver impiegato così tanto tempo a scrivere. Sono ancora nella natura incontaminata e ci sto da mesi. In questo momento sono al Columbia Gorge e ho appena oltrepassato il *Bridge of the Gods*, il Ponte degli Dei. Il nome deriva da una leggenda dei nativi americani. Ci sono tre vulcani nelle immediate vicinanze. Mount Adams è il più grande dei tre e si trova a nord della gola un po' vicino al Mount St. Helens. Mount Hood si trova a sud della gola. I nativi americani credevano che le montagne fossero dei. Dalla mia esperienza fermo ai loro piedi e persino salendo verso le loro vette, non potrei ribattere a ciò. Secondo questo mito Mount Adams è sposato con Mount St. Helens, ma Mount Hood continua a corteggiarla. Non potendo attraversare il Columbia River, ha quindi provocato una frana che ha completamente arginato il fiume per permettergli di attraversare ogni notte e farle visita.

La frana ci fu davvero migliaia di anni fa arginando

il fiume completamente e di conseguenza creò un grande lago. Infine, l'acqua si accumulò fino a raggiungere il bordo della frana. All'inizio era solo il piú piccolo ruscello, ma poi si fece profondo e si aprì in un impeto che diventò torrenziale man mano che la diga veniva spazzata via. Ciò che restava erano le rocce più dense che creavano una cateratta di rapide. Ora il fiume è stato arginato dalla diga di Bonneville e le rapide sono sommerse, ma gli ingegneri stradali hanno costruito un ponte a sbalzo che abbraccia l'acqua ed io l'ho attraversato. Per rendere il ponte più leggero, gli ingegneri hanno creato la strada di grata metallica, così mentre attraversavo potevo vedere direttamente il fiume sottostante. Un fatto strano, però, è che mi hanno fatto comunque pagare il pedaggio del ponte sebbene non ci fosse alcun passaggio pedonale, quindi avrei potuto anche non pagare dato che il mio transito a piedi costituiva l'eccezione. Dovevo schivare le macchine mentre camminavo, ma penso che ne valesse comunque la pena perché era più facile che nuotare.

In una delle sezioni del Sentiero delle creste del

Pacifico, mi sono imbattuto in un gentiluomo che veniva dalla California e con cui ho camminato per qualche giorno. Un uomo affascinante. Ha detto che spesso parte in estate quando inizia a mettere su troppi kg e allora fa delle escursioni. Ha detto di aver attarversato l'intero percorso più volte, ma a piccole quantità nel corso degli anni e spesso torna in alcune delle sue zone preferite. In tal senso, credo lo si possa immaginare come un libro in cui dopo aver letto la lunga narrazione che si snoda attraverso vari episodi e situazioni confuse intrecciando le vite dei personaggi, si decide di tornare su vari capitoli e leggere attentamente le parti preferite.

È un avido lettore e ad un certo punto gli ho raccontato di alcuni dei libri che avevo letto e altri che pensavo dovessi rileggere. Mi ha fatto notare che sono troppo giovane per preoccuparmi di rileggere libri. Non sono completamente d'accordo con questo, ma poi ha detto qualcosa che mi ha davvero stupito. Ha detto di aver sempre trovato interessante rileggere libri che aveva letto quando era più giovane, perché anche se i libri non cambiano, la lettura sí. Sempre. E in questo modo, i libri gli mostrano come è cambiato lui e da un punto di vista diverso *come* lui sia lo stesso, e - cosa ancora piú importante, *di quanto* sia rimasto lo stesso.

Una sera, dopo aver mangiato, stavamo parlando di vari poeti e, naturalmente, ho iniziato a sbraitare su William Blake come se fossi stato assalito da uno dei miei sogni distorti. A un certo punto, ha recitato una poesia per me. Si chiama "E la morte non avrà alcun dominio" di Dylan Thomas. Gli ho chiesto di recitarla così tante volte che ha iniziato a seccarsi, cosa che mi ha sorpreso perché non mi sarei mai aspettato che la mia insistenza potesse infastidire una persona così paziente e gentile, ma ho capito d'essere più persistente di quanto immaginassi. Alla fine, però, ci siamo separati e ho raggiunto il Mount Hood. Su questa montagna, il sentiero sale sopra la fila degli alberi e mentre camminavo, una tempesta si preparava. Poiché avevo già superato gli alberi, non potevo legare la tenda da nessuna parte, così ho deciso di scalare in fretta per superare la tempesta. Quando essa arrivò, io ero già in alto, nell'aria frizzante e fredda senza sapere della turbolenza che vorticava sotto. Potevo vedere le vette delle altre montagne e sembravano piccole isole in un oceano di nebbia.

Quella notte ho dormito quasi sulla cima della montagna, anche se non sono stato in grado di raggiungere la vetta. Stavo calando lungo una scarpata, quando ad un certo punto mi trovo davanti un masso da oltrepassare, e mentre cercavo di farlo, quello si è spostato ed è stato alquanto terrificante. Credimi, non vuoi startene bloccato a trenta metri su una scogliera a cavallo di un masso che stai precariamente bilanciando. Naturalmente non potevo stare lì in quella posizione per sempre, quindi mi sono lanciato da un lato e sono saltato più in basso lungo la sporgenza e questa enorme roccia ha ruotato con un ritmo roco e poi ha ruzzolato silenziosamente nell'aria aperta prima di schizzare nel banco di neve sottostante.

A quel punto ho sospeso ufficialmente la mia crociata verso il vertice della montagna. Sono rimasto seduto per ore sulla sporgenza a guardare la parete nord della montagna coperta di ghiacciai solcati da profondi crepacci misteriosi che scivolavano con il blu più maestoso prima di precipitare nell'oscurità più profonda. Mentre restavo seduto, sentivo cadere rocce dalla montagna. Non potevo vederle, ma le sentivo ruzzolare e colpire mentre saltavano lungo i precipizi nelle loro ripide cascate. Sapevo che era semplicemente erosione o almeno così si chiama, ma a me non sembrava che la montagna si stesse sgretolando; pareva come se stesse crescendo, come se potessi sentire il battito delle vene di roccia fusa che si gonfiava dall'interno, spingendo la montagna verso l'alto e le rocce che cadevano erano come la corteccia di un albero che si sfaldava per consentire la nuova crescita.

Seduto su questa sporgenza, continuava a echeggiare nella mia testa il titolo di quella poesia "E la morte non avrà alcun dominio". Anche se quel signore aveva ripetuto la poesia più volte di quanto potessi contare, non ho nemmeno provato a ricordare qualche verso specifico.

L'intero poema si incastrava meravigliosamente e

si sviluppava come la vita stessa, crescendo ritmicamente, in modo persistente, indomabile e bellissimo, ciascun verso che mostra i pezzi sparsi di particolari colpe e fallimenti e li fonde in immagini e idee di gloriosa resistenza e trionfo. Ho pensato che se avessi provato a ricordare un singolo pezzo, l'interezza che avevo sentito dentro sarebbe potuta crollare. Spero che tu cercherai il poema. Probabilmente hai già alcune delle sue poesie. Non ne sarei sorpreso. Posso quasi vedere il libro sul tuo scaffale. Ma se lo leggi, per favore leggilo ad alta voce. So che siamo molto lontani l'uno dall'altro, ma cercherò di ascoltare attentamente. Mi piacerebbe sentirti cantare quelle righe e penso che potrei anche riuscirci, se solo potessi rimanere in cima a questa montagna.

Il tuo amico,

Weldon

Cara Zoe,

la nostra ultima conversazione al telefono ha significato per me più di quanto tu possa mai immaginare. Non ti ho detto nulla mentre parlavamo, ma la verità è che ti stavo chiamando da una prigione. In quel momento, mentre parlavo con te, reggevo il telefono tra le mani che erano ammanettate. Ero seduto a una scrivania con agenti di polizia.

Innanzitutto, fammi spiegare meglio ciò che ho appena scritto. Quando mi hai riferito che volevi raggiungermi in macchina per incontrarmi e stare insieme, non potevo dire di sì. Per quanto volessi anch'io stare con te, per quanto voglia ancora stare con te, non potrei mai farti questo. So che dalle lettere potrei far sembrare molto sensazionale e liberatorio ciò che sto facendo, e in un certo senso lo è, ma è molto più di questo e non vorrei mai farti buttare via la tua vita come penso io stia facendo con la mia.

Mentre ero in prigione ho letto parecchi libri. In realtà, è praticamente tutto ciò che ho fatto. Mi stendevo sul letto a leggere e mi addormentavo leggendo. Poi dormivo e inventavo storie nella mia testa mentre sognavo. Tuttavia, facevo fatica a leggere. Per lo più, i miei occhi brillavano sulle pagine mentre io rimuginavo e mi irritavo nei miei pensieri cercando di ricordare cosa era accaduto.

Sono stato uno stupido, stupido, stupido, stupido! Mi sono ubriacato. Per qualche motivo ho pensato che sarebbe stata una buona idea fermarsi in un bar e bere qualcosa. Avevo passato mesi a camminare in tutto lo stato dell'Oregon e per metà di quello di Washington, poi sono tornato in autostop in Nevada per ritirare qualche soldo che avevo ancora in banca grazie a quel lavoro a Reno e pensavo di festeggiare. Ho fatto l'autostop per un altro Stato, mi sono fermato in una città e ho trovato un bar. Ovvio che ci sono andato giú pesante, comprando da bere alla gente, tracannando whisky fin quando ho perso i sensi. L'unica cosa che ricordo è che mi sono svegliato in prigione e non avevo idea di cosa avessi fatto fino a dopo la lettura del reato.

Non sono ancora sicuro di cosa sia successo quella

notte. Sono stato in prigione per due settimane. A un certo punto, mi hanno portato in un ospedale psichiatrico per una valutazione. Mi hanno fatto un esame, poi sono tornati nella stanza con la diagnosi e con un ghigno mi hanno detto che vivevo in un mondo di fantasia. Li ho guardati e ho risposto: "Dovreste tutti guardarvi intorno. Ogni singola cosa di cui siamo circondati in questa stanza, anzi la stanza stessa, è un'idea avvalorata. Tutti questi oggetti sono una invenzione dell'immaginazione di qualcuno. Viviamo tutti in un mondo fantastico." Ovviamente a loro non è piaciuto questo concetto e mi hanno rispedito dritto in prigione.

Alla fine, mi hanno portato in tribunale, mi sono presentato davanti al giudice e apparentemente sono successe molte cose quella notte. Mi hanno detto che se avessi accettato di firmare una dichiarazione di colpevolezza, mi avrebbero rilasciato con la sola multa minima per le spese.

Quindi, ho pagato $60 e mi hanno detto di uscire dallo Stato e sono stato scarcerato. Mi hanno persino dato un passaggio alla stazione degli autobus.

Mentre ero in prigione, però, mi è venuto in mente qualcosa di impressionante. Durante quest' ultimo anno ho vagato per il Paese sentendomi completamente liberato. Tutti quei fili stringenti che tenevano legata la mia vita sono stati tagliati. A cominciare da tutti quei sogni di combattimento, qualunque cosa stessi combattendo nella mia mente è stata battuta innumerevoli volte. Ma poi, all'improvviso, tutta quella libertà che avevo sentito è stata portata via. Sono passato dal sollevarmi in quota come un uccello nel cielo ad essere poi rinchiuso in una gabbia con altri 15 ragazzi, stipati in letti a castello in una stanza 4X4 mq dietro le sbarre.

A quanto pare ero al terzo piano, ma se ho capito bene ero a diecimila piedi nel sottosuolo, poco piú di 3 metri. Non è stato bello. Non era una di quelle nuove prigioni con blocchi di cemento e porte in acciaio solido e una stanza per te. Era una calca di noi stipati dentro una gabbia. E c'erano file di gabbie accatastate l'una sull'altra nell'oscurità ticchettante d'acciaio.

Quando ti ho telefonato, non avrei potuto dirti cosa mi era successo, anche se lo avessi saputo, e non c'era modo di dirti dove mi trovavo. Non volevo sottoporti a ciò che stavo vivendo io. Non volevo che tu sapessi dove ero. Non volevo nemmeno che i tuoi pensieri fossero con me lì dentro. Ho solo pensato che se c'è un'ultima voce che voglio sentire nella mia vita, volevo che quella voce fosse la tua.

Vedrai dal francobollo che sto spedendo questa lettera da qualche parte al di fuori del Parco Nazionale Great Basin. Ho comprato qui un biglietto dell'autobus e sto tornando indietro nel deserto. Mi sento al sicuro lì. Mi vergogno di scrivere a te questa lettera. Ho bisogno di tempo per pensare e star solo. Per favore, non preoccuparti per me. Non aspettarmi. Non voglio trattenerti in qualche speranza di cui io potrei non essere all'altezza. È vergognoso pensare di averti fatto questo mentre vagavo senza meta quest'ultimo anno.

Trova qualcuno che possa davvero prendersi cura di te. Trova qualcuno che possa essere lì per te.

Trova qualcuno che possa amarti. Questo è ciò che ti meriti più di ogni altra cosa. Non meriti qualcuno come me. Mi dispiace.

W. Keyes

Carissima Zoe,

non so come l'ultima lettera ti abbia fatto sentire. Mi rendo conto di averti ferito molto scrivendola, ma se avessi versato il mio tormento su di te, sarebbe stata una vergogna, la mia vergogna. Posso solo sperare che tu non sia così sconvolta da aver buttato via questa lettera senza nemmeno aprirla. So che potrebbe accadere e se deciderai di farlo, posso capire perfettamente. In effetti, è davvero facile per me immaginare questo involucro svolazzare dentro un bidone della spazzatura e giacere ancora chiuso in cima al mucchio prima che sacchi e rifiuti vi vengano scaricati sopra. Riesco a vedermi sepolto silenziosamente al suo interno. E capisco di meritarlo.

Se, invece, stai leggendo, e non posso far altro che sperarlo, voglio dirti cosa mi è successo mentre ero nel Great Basin Park. Tuttavia, mentre lo scrivo, mi sento un po' disgustato; mi sento come se stessi implorando di fronte a te, chiedendo "Io, Io, Io. Devi ascoltare me! Ascoltami." Mi sento odioso. Mi sento disgustoso. Se, però, riesci a sopportare un'ultima volta, sarà l'ultima che ti chiedo.

L'autobus mi ha lasciato all'ingresso del parco e una guardia forestale è stata così gentile da darmi un passaggio all'interno. Stava tornando al parco dopo il suo finesettimana libero. Mi ha chiesto cosa stessi facendo lì e le ho risposto che avevo intenzione di fare escursioni per qualche giorno. Non so perché le ho accennato che non avevo una torcia con me, e lei schietta mi ha ammonito dicendo che era da pazzi andare in campeggio nella natura salvaggia senza possederne una. Ha insistito perché ne prendessi una che aveva nella sua auto e alla fine ho accettato.

I primi due giorni li ho trascorsi salendo su una cresta. Ho raggiunto un'altezza più alta di quanto avessi mai scalato prima, oltre 13.000 piedi[1] che è ben lontano dalla cima dell'Everest, ma comunque l'aria era sottile e la vista era estesa. Ho seguito la cresta per un po' in discesa e sopra la normale linea degli alberi, ho trovato

---

[1] L'equivalente di 3,962 metri (*N.d.T.*)

qualcosa di straordinario. C'è un albero chiamato il pino Bristlecone dai coni setolosi. Quando questi alberi crescono sotto il confine boschivo, assomigliano alla maggior parte delle altre conifere. Ma a volte crescono sopra il limite della vegetazione arborea in terreno estremamente secco e roccioso e quando si trovano in questo ambiente particolarmente duro, esposto all'aria aperta e colpito dai forti venti, crescono praticamente per sempre. Sembrano alberi bonsai, eccetto che sono grandi come case. Ho toccato alcuni dei più grandi che erano più antichi delle piramidi, più vecchi di Stonehenge, ed erano ancora vivi. Vivono per migliaia di anni. Ho sempre ammirato la pazienza degli alberi, ma questi singoli esemplari sono più antichi della civiltà umana.

Mi sono accampato nel boschetto quella notte e ho fatto il sogno più bello di sempre. Non sognavo di litigare. Non sognavo di combattere. Mi stavo preoccupando davvero per quei sogni. Non sapevo per cosa litigavo. Non sapevo per cosa combattevo. Mi sentivo come se fossi in un qualche perpetuo alterco.

Mi ha fatto pensare a quella scena del film "La corazzata Potemkin" in cui tutti insorgono e si azzuffano, e tutti sono così aggrovigliati e invischiati nella baruffa che non si accorgono nemmeno della carrozzina che rotola giù per le scale, che pericolosamente precipita giù. Per tutto il tempo si pensa per che cosa potremmo tutti lottare di più se non per la vita, e gli uomini sono così smarriti nella lotta che stanno tutti perdendo quella vita che credono di difendere.

Ma quella notte ho sognato qualcosa di bello, la cosa più bella che avrei mai potuto immaginare. Stavo sognando, ma era come se fossi sdraiato a terra sotto le stelle come avevo fatto tante notti dell'anno scorso. E le stelle hanno iniziato a muoversi, a roteare, a girare vorticosamente e poi a convergere insieme nella forma di una persona. E poi ho potuto vedere che questa forma era la figura di una donna e cominciava a calare, ma poi, all'improvviso, il terreno ha preso a lievitare, a crescere formando montagne per andarle incontro. E poi, man mano hanno scolpito palazzi per riceverla. La figura scendeva direttamente su di me e mi tendeva la mano. Mi ha sollevato in piedi e abbiamo cominciato a camminare, e poi a salire le scale intagliate nella roccia solida. I miei passi pesanti tonfavano sulla pietra mentre lei si muoveva sui gradini senza sforzo, fluttuando sopra di loro, conducendomi per mano.

Siamo arrivati davanti a due enormi porte che dovevano essere alte venti piedi, circa 6 metri. Mi sembrava di aver visto quelle porte già tante volte, ma non avevo mai visto cosa c'era dall'altra parte. Erano imbullonate, incatenate e chiuse e sembrava che non ci fosse alcun modo di passare. Poi lei ha scostato la mano con calma, nel suo sussurrìo ho sentito la tua voce, e le porte si sono spalancate. Eri tu quella donna. Non mi ero neanche reso conto di quanto fosse buio prima che le porte si aprissero e ho dovuto coprirmi gli occhi per la luce intensa all'interno. Poi ho potuto vedere il giardino più bello di sempre. Era una foresta piena di magnifici alberi e piena di felci e di ogni pianta lussureggiante che ondeggiava con succulenti frutti dei sogni più dolci. C'era un serraglio di animali che pascolavano per il prato che avevano davanti e quando le porte si erano spalancate, tutti si erano drizzati in attenzione, le orecchie tese e gli occhi spalancati. Poi ho notato quello che stavano guardando, ho visto il tuo riflesso in tutti i loro occhi e così la loro diffidenza dopo il trambusto si calmò e tranquillamente ritornarono in loro stessi.

Mi hai guidato attraverso il prato e nella foresta. All'inizio non me ne ero accorto, ma mentre stringevi la mia mano tra le tue, abbiamo cominciato a fluttuare sopra gli alberi e ad alzarci sopra di loro. Gli alberi erano così distanti che sembravano prima una singola foglia, e poi un arazzo di verde più profondo. Mentre ci allontanavamo più su, abbiamo cominciato a disperderci tra le stelle nel cielo e allora ho scoperto che ero sveglio e fissavo la notte stellata.

Il giorno dopo ho continuato a camminare lungo la cresta affilata e poi mi sono immerso in un burrone. Ho scoperto una grotta. Ho sbirciato dentro, e poi mi sono ricordato che la guardia forestale del parco mi aveva dato una torcia elettrica, così mi sono arrampicato e ho iniziato a scendere attraverso i suoi passaggi profondi. Era scomodo portare lo zaino, così ho preso alcune cose e ho messo il sacco vicino all'entrata. Avevo la tua fotografia nel libro che stavo leggendo, quindi l'ho presa e ho messo il libro in tasca e ho iniziato ad esplorare. Mi piaceva la speleologia quando ero ragazzo e ancora oggi adoro immergermi profondamente nelle caverne ed esplorare le cavità silenziose.

Ho camminato il più lontano possibile, facendo lampeggiare la luce attorno alle ampie cavitá e seguendo le lisce circonvoluzioni della grotta. Poi ho trovato un altro passaggio e l'ho seguito più in fondo. Mi sentivo come se fossi dentro uno dei pini Bristlecone, camminando attraverso i secoli in cui sono cresciuti, seguendo le piccole gocce d'acqua che per migliaia di anni hanno lentamente intagliato questo spazio dalla solida roccia. A volte mi sembrava di essere dentro uno dei rami di quegli alberi, il passaggio che si restringeva lentamente, come se strisciassi verso una delle punte di un ramoscello da cui sarei potuto esplodere fuori come un fiore al cielo. Altre volte, mi sembrava di scendere lungo le radici spingendomi nel più profondo del terreno che si ispessisce e si stringe.

Infine, ho raggiunto un punto in cui non potevo più gattonare. Il passaggio si faceva più stretto di quanto potessi infilarmi. Ho gettato luce più in profondità, e sembrava che la grotta fosse finita, ma avrebbe potuto anche fare una svolta e scendere di più. Ho allungato il braccio attraverso il buco cercando di toccare la parete successiva, cercando di raggiungere un completamento. Tutto il mio corpo era premuto contro la pietra fredda, la lunghezza del mio braccio si infilava per toccare qualcosa di finale, qualcosa di decisivo, ma le mie dita si muovevano a vuoto nello spazio. Potevo premere i palmi delle mani sui lati, ma non riuscivo a toccare la fine.

Dal momento che non potevo andare oltre, ho tirato fuori il libro dalla tasca e ho guardato la tua foto. Non so per quanto tempo son rimasto a fissarla, ma ero praticamente ipnotizzato. Probabilmente ero in uno stato delirante, ma a volte era come se i tuoi capelli fluttuassero nell'immagine, bagliori di luce che scintillavano nel flusso oscuro.

Dopo un po' ho ripreso a leggere quel libro. Lo avevo trovato sulla Pacific Crest Trail. Qualcuno l'aveva lasciato in una borsa con chiusura a zip. Il libro si intitola *Il dottor Arrowsmith*[2] di Sinclair Lewis. Al suo interno c'è una linea che mi ha profondamente coinvolto. Il personaggio Martin Arrowsmith aveva lasciato il college per un po' durante la Grande Depressione e vagò per tutto il Paese sui treni. Alla fine, a un certo punto, si disse: "Non sarò schiavo della libertà".

Questa frase è rimasta nella mia mente a lungo. Come ho detto prima, ho raggiunto un punto in cui ho reciso ogni legame della mia vita. Mi sono spogliato di tutto e sono rimasto nudo. Mi sono distaccato da ogni cosa. Adesso mi trovavo in profondità sotto la superficie della terra vicino al fondo di una grotta e non

---

[2] Titolo originale "Arrowsmith" (*N.d.T.*)

ero in contatto con niente e nessuno. Ero libero da tutto. Non c'era praticamente nulla tranne la roccia dura che mi circondava completamente. E poi mi sono reso conto di aver raggiunto il punto di massima libertá possibile, senza morire. Sono così libero adesso da non poter fare praticamente nulla; sto tremando nel vuoto che rimane, dopo che nella vita ho tagliato ogni contatto e rinunciato a ogni relazione. Senza un singolo attaccamento, sono nel limbo.

Ad un certo punto mentre leggevo mi sono addormentato. Mentre dormivo, ho fatto un altro sogno interessante. Riguardava William Blake, ma questa volta non stavo discutendo su di lui, ero seduto proprio accanto a lui. Lo vedevo chiaro come il giorno. Aveva sul viso l'espressione più gentile, più calma e rassicurante che ci sia, come lo avevo sempre immaginato e anche mentre parlava di come fosse morto così tante volte, sembrava avere ancora uno stato di serenità brillante nei suoi occhi. Mi ha guardato e mi ha chiesto: "Amico mio, ci impegneremo a questo vuoto?"

A quel punto, il sogno è svanito dalla mia mente come se fosse coperto dal battito d'ala di un corvo. Ero desto dal sonno, ma era come se non potessi aprire gli occhi. Ero completamente cieco. Non mi sono fatto prendere dal panico, ma la cosa mi ha colto di sorpresa. Poi ho sentito la pietra fredda. Ho sentito le mie mani premere contro la roccia sotto di me e potevo sentirne i granelli superficiali contro i miei palmi. Poi mi sono ricordato che ero in una grotta. Tastando la terra attorno ho trovato la torcia, ma mi ero addormentato con la sua luce accesa e le batterie erano ormai esaurite. Ero giù in profondità in una caverna sconosciuta e non avevo luce alcuna. Non c'era il minimo suono se non il mio respiro e le mie mani si arrampicavano, brancolando nell'oscurità.

Ho dovuto fare tutto il possibile per evitare il panico. Devo ammettere che in quel momento era tutto ciò che sentivo di poter fare, restare calmo mi prendeva ogni facoltà di pensiero che possedevo. Dovevo mantenere i miei sensi su di me, anche se quello primario, cioè la vista, era del tutto inutile.

Ho cominciato a strisciare fuori dal passaggio che avevo disceso, cercando di seguire un vago ricordo, tastando con attenzione la mia strada lungo le pareti. Era un procedere molto lento, ma non era troppo difficile a causa della ristrettezza del passaggio. Poi quando ha cominciato ad allargarsi, sentivo con una mano il pavimento e tenevo l'altra al muro.

Mentre continuavo a gattonare, provavo a tastare l'altro lato del passaggio, ma continuava ad estendersi ulteriormente fino a quando mi sono reso conto che stavo camminando avanti e indietro in un'ampia cavitá. Ho capito di aver perso ogni senso dell'orientamento, non conoscendo piú nemmeno la direzione del passaggio da cui ero strisciato, per non parlare della direzione verso l'uscita. A questo punto, mi sono sdraiato lì senza guardare niente, ascoltando solo il silenzio e sentendo solo me stesso.

Sono rotolato a terra, ho sentito il libro in tasca e ho mi sono ricordato della tua foto. L'ho tirata fuori, ma non riuscivo a vederla. Potevo sentire la superficie lucida della carta e delicatamente vi ho passato sopra la punta delle dita sperando che in qualche modo potessi distinguere una qualche caratteristica della tua immagine. Sembrava che la grotta si stesse chiudendo attorno a me, come se l'oscurità si stesse tramutando in pietra. Ho iniziato a considerare il fatto che potevo morire.

Mi sono addormentato per la stanchezza.

Non ricordo d'aver fatto alcun sogno, ma quando mi sono svegliato, ho sentito dell'acqua. C'era un lento sgocciolio. Ho cominciato a distinguere piccole gocce che picchiettavano sulla pietra. Cercavo di determinare da dove venissero, ma sembravano venire da ogni parte. Sebbene sapessi che ero in grave pericolo e che probabilmente fuori pioveva e la caverna poteva allagarsi, non ho potuto fare a meno di notare quanto sia bello il suono delle gocce. All'inizio erano semplici colpetti sulla roccia, piccoli schizzi, e poi hanno cominciato a formarsi piccole pozze e le goccioline emettevano suoni musicali che si increspavano nell'oscurità e risuonavano con la curvatura della superficie della grotta. Ho strisciato in una delle minuscole pozze e ho bevuto dell'acqua. Potevo persino sentirne l'odore. Profumava di cielo. Odorava di esterno. Poi per un secondo ho pensato di aver sentito il rumore di un fiume vagamente in lontananza. Poi ha smesso. Pochi minuti dopo l'ho sentito di nuovo e ho capito, non era un fiume, era un tuono.

Lentamente ho iniziato a gattonare verso quel suono. Mi fermavo e facevo piccole pause qualche volta quando ero insicuro, ma poi lo sentivo di nuovo e tuonava più forte. Sapevo allora che avevo finalmente trovato un modo per portarmi fuori.

Ho continuato così e poi a un certo punto mentre cercavo il suono, ho visto l'arco della bocca della caverna lampeggiare di luce. Era il tremolio del lampo nel cielo. Non ho visto il fulmine, ma la luce è stata così brillante che praticamente mi ha bruciato la vista. Per un intero minuto, in ogni direzione in cui guardavo, riuscivo a vedere la bocca luminosa della grotta che lentamente svaniva. Ho continuato a gattonare più vicino e il lampo ha illuminato di nuovo l'entrata. È stata una sensazione meravigliosa quella di uscire sotto la pioggia. Sembrava come se il mondo intero si fosse aperto davanti a me. Era ancora notte, ma i lampi balenavano e per un attimo fuggevole hanno illuminato a giorno. Per sfuggire alla pioggia, sono tornato di nuovo nella bocca della caverna. Ho tirato fuori la tua foto e l'ho tenuta in mano. Ad ogni lampo, il tuo viso si illuminava improvvisamente proprio davanti a me. Giuro che ogni volta che il cielo lampeggiava, il tuo sorriso mi sollevava ulteriormente e mi sentivo più buono.

È così strano scrivere tutto questo mentre sono ora seduto fuori al sole caldo. La tempesta è passata e posso guardarmi indietro e vedere la bocca della caverna da dove sono emerso la scorsa notte.

Ho deciso di tornare.

Dopo la mia ultima lettera, non mi sorprenderebbe se tu non volessi piú vedermi. Ma ho capito una cosa. Mi è venuta in mente una frase mentre strisciavo nella caverna, privato di qualsiasi sensazione di ciò che avevo intorno, non percependo più nulla se non un esile riverbero di me stesso in una fredda oscurità, e continuavo a dire: "Sono pronto a smettere di cercare e iniziare a vedere".

Prima di sentire quelle gocce di pioggia che filtravano nella grotta, non ero molto lontano dall'uscita. Quelle ore che avevo passato strisciando nell'oscurità mi avevano portato vicino a dove dovevo essere. Ma senza sapere dove fosse l'uscita, anche se ero vicino, avrei potuto trovarmi a un milione di miglia di distanza e non avrebbe fatto alcuna differenza.

Quando ho trovato l'uscita della grotta, lo sapevo piú di ogni altra cosa, potevo sentirlo, potevo sentire il sollievo e con quel sollievo tutto ciò a cui riuscivo a pensare eri tu. Adesso lo so. So che non posso essere tuo. Certamente non voglio che tu sia mia. Non potrei mai averti come un possesso. Non vorrei mai. Ma spero che forse, solo forse, potremmo stare insieme.

Ora più che mai, ti mando questo Zoe, con tutto il mio amore,

Weldon

Appendice della Traduttrice

Seduto dietro un tavolino colmo di libretti su una sedia minuta che sparisce sotto la sua imponente corporatura, davanti alla Public Library della Fifth Avenue a New York City, un ragazzone biondo saluta chiunque incroci il suo sguardo e, se gli passa abbastanza vicino, gli chiede sorridente se vuole ascoltare una poesia.

Ho conosciuto Garrett così. Un gigante con la faccia da bambino che si è fatto da solo e che vende le sue opere a diretto contatto con la gente. Questa, dice lui, è una delle esperienze più belle della sua vita e se lo troviamo ancora lì, ogni giorno, su quella sedia, allora bisogna credergli. Nonostante i -20 gradi Celsius d'inverno o gli umidi +40 gradi d'estate, lui resta sempre lì per giornate intere, sempre sorridente, sempre pronto ad emanare positività e speranza, forza di volontà e fiducia. La sua ambizione di artista è trascinare il pubblico in un'opera cosicché ognuno *senta* un qualcosa dentro e condivida l'esperienza.

Una missione impossibile per una città che corre freneticamente e non dorme mai. Eppure qualcuno si ferma.

Gli astanti che lo ascoltano ogni volta ipnotizzati non si limitano a leggere qualche passo con lui, non si limitano a guardare e ascoltare. Essi vivono insieme a lui un frammento della sua storia, si aggrappano per qualche istante al suo Essere, al suo mondo che stranamente è anche il loro. E con lui sembrano salire su un palcoscenico, prendere parte ad uno spettacolo che è poi la vita di ogni giorno.

Questa raccolta di lettere è basata su esperienze vissute davvero nel 1992, ma non è un *mémoire* né una storia d'amore.

C'è una più ampia gamma di varianti tematiche, ci sono diverse possibilità che emergono dalla decisione di partire una notte all'improvviso, a seconda che il viaggio sia inteso come pratica di libertà o come *scuola delle scomodità*, o come esperimento sociale, o conoscenza introspettiva e crescita personale, o infine, come percorso di costruzione/decostruzione dell'identità individuale che riconduce alla Natura-madre o all'amore di una vita, Zoe.

Resta, dunque, che il tema dell'amore, soprattutto se specificamente inteso nel senso di "storia d'amore", non occupa che una posizione secondaria nell'insieme.

Il percorso del protagonista è ben più profondo di quel che appare. Il transito nell'essenza è transito nell'ignoto, nel Nulla, e insieme è rinascita dell'Essere.

Weldon soffre di "disagio della civiltà". L'improvvisa voglia di mollare le convenzioni e staccare la spina, stare da solo, imparare a conoscersi e contemporaneamente l'impulso di raccontare a lei, Zoe, l'amica di infanzia fidanzata per anni con un caro amico del protagonista, sono – una volta sulla pagina – linguaggio. Ed è lì che tutti i nodi vengono al pettine. Come sottrarsi alla delimitazione in parola rispetto all'immenso che un uomo porta dentro? Come rendere giustizia al sorriso di lei che solleva, alla sensazione di libertà una volta afferrata la scaletta del treno, alla tenerezza davanti a sua madre bambina inginocchiata a lavorare, o alla paura della morte nel buio cieco di una grotta?

L'io narrante si auto-costringe ad esser chiaro, seppur rapido, nella descrizione del suo sentire, chiaro e semplice nonostante la confusione di testa, ma mai di cuore.

A tratti prolisso pur di essere preciso nel messaggio, ma sempre poeticamente delicato, prudente, sensibile.

Come Dante aveva Beatrice, Weldon ha Zoe, che lo guida in sogno e lo porta nel giardino dell'Eden, e sempre nel sogno, l'esperienza amorosa di un ragazzo ancora vergine ci ricorda che l'amore non è possesso, l'amore non vuole avere, vuole solo amare.

E nel libro ogni cosa ispira amore, che sia un corvo, una montagna o un'autostrada rettilinea, tutto è un pretesto per guardare con altri occhi, tutto è "sentire": quando si libera delle scarpe per toccare il suolo a piedi nudi, quando il borsone pesante di cose inutili del passato gli tira la camicia quasi volesse trattenerlo dal saltare su quel treno, quando nella buia caverna cerca coi polpastrelli i contorni del viso di lei e poi i tuoni, lo sgocciolio, il sentire da solo, a tastoni, la vita d'uscita.

E dopo gli sforzi e la paura, finalmente, accecarsi di luce, che sia un lampo fuori della grotta, l'alba in cima a una montagna, o *il suon di lei* al telefono; tutto è sentire, con nuovi sensi.

Il viaggio reale su strada e il viaggio interiore si mescolano diventando letteratura, investiti dal **tempo** della formulazione scritta. Il lettore, cioè, viaggia in un segmento temporale Febbraio-Ottobre 1992 che è il tempo materiale della stesura delle lettere, e in contemporanea osserva quella penna scorrere di getto. Dietro quel lessico confuso, caotico come le cianfrusaglie nel borsone del protagonista, si spalanca lentamente l'abisso di un'evoluzione casuale, senza meta preordinata, fatta di binari, strade, ponti e automobili, ma soprattutto di natura, la madre di ogni uomo a cui l'autore si abbandona, da cui si lascia cullare, tentare e ispirare.

Altro aspetto essenziale è la **distanza,** sia spaziale che temporale. Si evince già dalle date che si fanno via

via più lontane durante il progredire della storia. Fino a quando si nota, invece, una alquanto rapida successione nelle ultime due lettere. Capiamo di essere vicini ad una svolta, una comprensione, un'ultima decisione.

Il Passato schiarisce nel Presente e odora d'improvviso di Futuro.

Volutamente è stata data prevalenza al Passato Prossimo nonostante il lasso temporale sia esteso di oltre 20 anni. Ho voluto sottolineare non delle semplici avventure narrate, come quelle storie che si raccontano ai nipoti davanti ad un camino; il viaggio e le esperienze vissute hanno cambiato una vita, di cui ogni sforzo è ancora caldo sulla pelle; un ragazzo diventato uomo, nel suo piccolo, ha forse cambiato qualche aspetto di vita di tutte le persone incontrate nel suo viaggio. E magari al suo ritorno cambierà anche la vita di Zoe.

Mentre il Passato Remoto racconta fatti avvenuti in un passato concluso, il Passato Prossimo è più vicino ad ognuno di noi, è meno freddo e distaccato, aiuta l'immedesimazione e mantiene il filo del discorso alquanto metaforico, complesso e profondo.

L'alternanza, invece, tra *Passato Prossimo* e *Imperfetto* è stata una sfida degna di nota breve: essi sono i due tempi deittici più usati a livello di italiano neo-standard, il quale vede la restrizione d'uso dell'alternanza passato prossimo e passato remoto (a discapito del secondo) per esprimere eventi passati, indipendentemente dalla loro lontananza nel tempo e dal perdurare o meno degli effetti nel presente dell'azione / stato espresso dal verbo.

La scelta dell'Imperfetto o viceversa del Passato Prossimo – a parità di contesto - risulta interscambiabile, ossia non influisce sul significato della frase: ciò che cambia è "solo" *come* l'autore intende *raccontare* l'azione. In questo caso, come traduttrice avevo libertà di scelta e nei panni dell'io-narrante, infilatami le sudice vesti e le strette scarpe del protagonista, intrufolatami nelle sue paure e nel suo Essere, ho optato per un equilibrato gioco di alternanze sui momenti d'ogni azione.

La focalizzazione, dunque, di elementi diversi e

della loro interazione si pone come base per questo lavoro. Spero, quindi, che il lettore avverta la lingua non solo come *Sistema*, ma come organismo vivo ed usato dall'io-narrante, che incrocia pragmatica e testualità.

Catturare l'essenza, le sfumature e la delicatezza delle espressioni è stato uno sfinimento fisico e mentale, ma la "creatura" venuta fuori mi inorgoglisce ogni volta che la rileggo: sineddoche, metafore, iperboli, giochi di parole, tutto era avvolto in un doppio scenario, interiore ed esteriore, e tutto riconduceva alla poesia. Spero che la mia traduzione-specchio rifletta ogni cosa.

Invece, tra gli inevitabili conflitti del personaggio che emergono nel racconto, ce n'è uno che tormenta e accomuna gli adolescenti di ogni Paese. Weldon era determinato a fare tutto da solo, a non attendere nessuno e a non forzare altri ad attenderlo, e sperava di vincere la frustrazione di cercare di coordinare la sua vita con quella degli altri che possono avere interessi diversi. Eppure restava dipendente dagli altri e dalla società da cui provava a fuggire; voleva una vita di "purezza" ma capisce che continuava ad usare cose prodotte dall'uomo (aveva bisogno del coltello, del sacco a pelo, della torcia, o di guardare semplicemente una foto per sentirsi vivo). È dunque impossibile vivere da soli?

Varie sono le occasioni che lo portano a riconsiderare il suo forte e impulsivo senso critico di ragazzo verso più mature riflessioni (ad esempio, non protesta per il pedaggio del ponte che è costretto a pagare nonostante fosse a piedi e non ci fosse una corsia pedonale, bensì apprezza il solo fatto che il ponte esista e gli permette di attraversare senza dover nuotare). Il vissuto sulla propria pelle e le quotidiane difficoltà, grandi o piccole, gli permettono di riflettere più a fondo e più razionalmente sulla vera natura delle situazioni. E di conseguenza l'insofferenza e la lamentela diventano gratitudine e riconoscenza. Per tutto e per tutti.

Un semplice ragazzo come Weldon ci fa notare anche che chi scappa non ha paura, vuole semplicemente andare altrove. Tanto meglio se in età giovanile, in piena formazione caratteriale, bisogna rapportarsi e confrontarsi con il resto degli uomini, e non trincerarsi comodamente dietro il proprio cancello. E così, impara a sua volta a lasciare andare, perché più lasciava andare, più sentiva un gran senso di pace.

Di particolare fascino ho trovato il potere della locomotiva che lo trascina via dalla riluttanza, verso l'ignoto che appare più leggero in contrasto con i suoi prefissi scopi e interessi che, invece, incontravano e tuttora incontrano un'inspiegabile resistenza.

I binari del treno come simbolo della ricerca, allontanarsi da una vita che si conosce per scoprire qualcosa di nuovo, che lo riporta a Zoe, che è tutto quello di cui ha bisogno. L'illusione o la speranza che i binari prima o poi si incontrino, chissà dopo quanto cammino. Ci lascia così, Weldon, con la libertà di poter scegliere come andrà a finire, se proprio deve finire.

La ricerca, invece, è continua. Questo è secondo me, il suo messaggio più importante.

La libertà per Weldon non è lo spazio aperto a contatto con la natura, ma il coraggio della decisione di partire, la capacità di essere solo e di camminare con le proprie gambe. Non importa la destinazione, ma il viaggio. Il fine ultimo non è una località, ma piuttosto *un modo di vedere le cose.*

Nel momento in cui afferrava la scaletta del treno dopo il salto, gli pareva di sentire le ali, gli sembrava che la sabbia scartavetrasse la sua pelle per accelerare la sua trasformazione.

Passare dall'adolescenza all'età adulta con un salto. Lasciare le convenzioni sociali e la vita imposta (dalla famiglia, dalla scuola, dalla Chiesa ecc.) per scoprire da solo chi è davvero e di cosa ha bisogno per stare bene. Confrontarsi con le aspettative collettive e i propri interessi.

Il semplice muoversi, anche senza una meta prefissata, è, quindi, la cifra stessa di un'esistenza degna d'essere vissuta: l'incessante ricerca, il coraggio di rischiare e di perdersi, la continua tensione a un'autenticità che solo nel profondo dell'anima è raggiungibile.

E questo Garrett, il poeta itinerante seduto davanti alla Public Library di New York, lo sa.

Valentina Caprio

Sulla traduttrice

Nata a Cassino, in Italia, la Dottoressa Caprio è insegnante d'Italiano L2 con esperienza ventennale, ma è soprattutto una Traduttrice e Interprete dall'Inglese, Tedesco, Francese e Spagnolo.

Laureata *cum laude* in "Lingue e Letterature Straniere"(vecchio ordinamento) mentre già svolgeva la professione di Interprete di Tedesco per la Fiat Chrysler, a 25 anni si trasferisce a Lussemburgo e lavora presso il Parlamento Europeo come Traduttrice d'Italiano ricevendo la massima e più prestigiosa formazione.

A New York dal 2007 si specializza in "American Language and Communication", "Business English" e "Writing in English" per eccellere in ogni registro dell'Inglese-Americano e nel 2011 ottiene un Professional Certificate presso la New York University in "Global Affairs".

Attualmente vive a New York con suo marito e la

loro splendida bambina, dividendosi tra l'insegnamento e la traduzione/interpretariato freelance per diverse agenzie, aziende, istituti e privati.

www.valentinacaprio.com

Sull'autore

Garrett Buhl Robinson è nato e cresciuto a Trussville, in Alabama. Nel 1992, è saltato su un treno a carbone e ha viaggiato in tutto il Paese per un anno. Poco dopo, si è trasferito nella West Coast dove si è mantenuto con vari lavori mentre studiava intensamente e scriveva in modo prolifico. Attualmente vive a New York City.

Altre opera dell'autore

Beauty beyond Reason (poesie)

Fortune (poesie)

Broken Open (poesie)

Martha (un poema lirico)

Nunatak, un romanzo

Flowing stone (poesie)

Mobius Sphere (poesie)

Letters to Zoey (musical)

www.gbrobinson.com